マドンナメイト文庫

兄嫁と少年 禁断のハーレム

綾野 馨

目次
contents

兄嫁と少年　禁断のハーレム

第一章　お義姉さんたちの性教育

1

鼻腔粘膜《びくうねんまく》をくすぐる柑橘《かんきつ》系の爽《さわ》やかな香り。そこに混ざる甘酸《ず》っぱい匂い。

鼻の奥がムズムズするような感覚を覚えつつ、この春から高校生となった里見幸司《さとみこうじ》は、目の前に広げられた英語の問題集に意識を集中させようとした。

五月初旬。ゴールデンウィークが明けて数日が経《た》った木曜日の午後八時前。自室で机に向かう幸司の隣には、持ちこんだダイニングの椅子に座る家庭教師、大学三年生の浜本優衣《はまもとゆい》がいた。鼻の奥を刺激する芳香《ほうこう》はその女子大生が発生源だ。

(優衣さん、先月までとは格好、違いすぎだよ。ウチに来るまでは上にシャツを羽織《はお》っていたとはいえさすがにこれは……）

目の前のアルファベットがヒエログリフにすら思える。脳内でまったく意味をなさなくなっている文字から目をそらし、チラッと左隣の優衣に視線を向けた。

ハニーブラウンに染められたレイヤーボブの髪型に、可愛らしさを内包《ないほう》した整った顔立ち。アイドルグループのメンバーに混ざってもまったく違和感なさそうな、それどころか確実に顔面偏差値上位にランクインしそうな美形。

その顔から目線を落とせば、肌にピタリと張りつく黒のキャミソールが飛びこんでくる。やってきたときには白いリネンの長袖シャツを羽織っていたのだが、部屋に入るなり脱いでしまったため、いまはしっかりとした盛りあがりを見せる二つの膨らみがよくわかる。そのため、健全な男子高校生のグレーのスウエットパンツの下では淫茎が反応し、鎌首をもたげてしまっていた。

「私の身体を見ても答えは書かれていないわよ、幸司」

「あっ！　ご、ごめんなさい、優衣さん」

どこか呆《あき》れたような、それでいて面白がっているような女子大生の声で一気に現実へと引き戻された。凝視《ぎょうし》していた膨らみから慌てて問題集へと視線を戻す。

「優衣さん、じゃなくて、お姉ちゃん、でしょう」

「う、うん。ごめんなさい、優衣お姉さん」

今度は完全にからかうような口調となった女子大生に、幸司は少し頬を染めながら言い直した。というのも、優衣は幸司の一回り上の兄、秀一《しゅういち》と去年結婚した遥奈《はるな》の妹だったのだ。兄嫁は三姉妹の真ん中であり優衣は末っ子。そのため美人女子大生は義理の兄の弟である幸司を実弟のように扱ってきていたのである。

男兄弟の中で育った幸司にとっても、綺麗なお姉さんはやはり憧れの存在であり、優衣からの扱いはけっしてイヤではなかった。

「もしかしてこの格好、刺激、強い？　シャツ、着ようか？」

「いや、大丈夫。ただ、僕がそういう姿の女の人とこんな近くで接したことなかったからそれで……それに優衣お姉さん、すっごく綺麗でスタイルもいいから……ほんとごめんなさい」

「もう、嬉しいこと、言ってくれるじゃない」

頬を赤らめたままペコリと頭をさげると優衣の顔に優しい笑みが浮かび、右手で幸司の髪の毛をクシャクシャッとしてきた。すると、たったそれだけのことで女子大生の双乳は柔らかく揺れ、それを目《ま》の当たりにした股間が硬度を高めてしまった。そのことにさらに赤面してしまう。

「んっ？　ねぇ、幸司。あなたお姉ちゃん、遥ねぇのことエッチな目で見ていたりしてないわよね」

「いや、そ、それは……」

髪の毛から手を離し、どこか心配そうな表情となった女子大生の問いかけ。その返答に窮《きゅう》してしまった。胸を張って「ない！」とは言い切れなかったのだ。

優衣がそのような問いを発した理由。それはいたってシンプルだ。現在、幸司は兄嫁の遥奈と二人で生活をしていたのである。

昨年、結婚した兄の秀一は都内の２ＬＤＫのマンションで新婚生活をスタートさせていた。しかし、大手ＩＴ企業に勤める兄はこの春からアメリカ、サンフランシスコへ転勤となってしまった。本来なら夫婦で渡米するところだが、高校で音楽教師をしている遥奈は結婚後も仕事をつづけていたため単身赴任となったのだ。

そしてその兄嫁が教鞭《きょうべん》を執《と》る学校にこの春、入学したのが幸司であり、実家からだと片道一時間半ほどかかることから、遥奈の好意で通学時間が四十分程度となる兄夫婦の家に居候《いそうろう》させてもらうことになったのである。

（お義姉《ねえ》さんと暮らすようになってひと月チョイ。いっしょにすごせばすごすほど、好きな気持ちが強くなっちゃってるんだよなあ）

優衣の姉である遥奈は妹以上の美形であった。目鼻立ちの整った人目を惹く美貌《びぼう》の兄嫁。一昨年の冬に初めて紹介されたときから、憧れと淡《あわ》い恋心を抱《いだ》いていた。しかし、兄の奥さん、義理の姉であるという現実を受け入れ、必死にその想いを抑えこんでいるのが実情なのだ。

「まあ、妹の私が言うのもなんだけど、遥ねぇは美人だからね。とんでもなくスタイルもいいし、年頃の幸司が気になっちゃうのも仕方ないけど……くれぐれも家庭を壊すような変な真似はしないでよ」

「し、しないよ！　そんなこと、するわけないでしょう！」

女子大生の釘刺しには速攻で全力否定した。そんな愚行《ぐこう》に出たら最後、大好きな兄嫁といっしょにいられなくなる。そもそもそんな度胸も覚悟もなかった。

「私も幸司がそんなことするとは思わないけど、でも、これから暑くなっていくと遥ねぇも薄着になるし、いっしょに生活していれば無防備な姿を見ることがあるかもしれないじゃない。本当に大丈夫ね」

「いや、さすがに家族、お義姉さんに変なことはしませんって」

（でも、そうか、これから夏に向かってお義姉さんも薄着になるんだよな。さすがに裸を見る機会なんてないだろうけど、下着がチラッと見えちゃうくらいは……）

さらに言い募《つの》る優衣に苦笑混じりに返しつつも幸司の脳内には万一の可能性が浮かび、背筋がゾクリとしてしまった。美人家庭教師の胸の膨らみで屹立《きつりつ》していたペニスにはさらなる血液が送りこまれ、切なげな胴震いを起こしてしまう。

「信じてはいるけどね──うーん、でも、年頃の男の子のエッチな衝動は無視できないって聞くしなぁ……」

「いや、だから、大切なお義姉さんを悲しませるようなことしませんよ」

「ふだんの幸司が思いやり溢《あふ》れる、優しい男の子であることはわかってるよ。でもね、私のこの格好への反応を見ちゃうと……はぁ、仕方ない。遥ねぇのために一肌脱いであげるか。ねえ、幸司、いま解《と》いている英文和訳、五問全問正解したら特別に私が手でしてあげるっていうのはどう?」

「えっ!」

まったく予想していなかった提案に、幸司は驚きの表情でマジマジと優衣の顔を見つめてしまった。すると美人女子大生はその頬をほのかに赤らめつつも挑発的にニヤッと微笑《ほほえ》み返してきた。

「あぁ、自信ないんだぁ。まあ、高校の入試問題っていっても、幸司が通っている学校よりレベルが高いところのだから仕方ないか」

「そ、そんなことないよ。確かにこれ最難関って言われる高校の問題かもしれないけど、うちだってそこまでレベル低いわけじゃないいんだから、ら、楽勝だよ。あとで吠え面《づら》かいても知らないからね」

「おっ、言ってくれるじゃない。うふっ、楽しみにしているわ。幸司の硬くなったのを気持ちよくしてあげることを。だから、頑張りなさい」

売り言葉に買い言葉として返したセリフに、女子大生は艶然《えんぜん》とした微笑みを浮かべ耳元で囁《ささや》いてきた。その瞬間、背筋が震え期待をあらわすようにペニスが跳ねあがっていく。

(うわっ、絶対に僕が全問正解できるなんて思ってないんだろうな。よーし、だったら、全問正解して優衣さんがオロオロする姿、見てやる)

いつもからかってくる優衣に一矢報《いっしむく》いんと、今度こそ問題集に意識を集中する。

二十分後、精根《せいこん》尽き果てた幸司は手にしていたシャープペンシルを机に置いた。すぐさま美人女子大生が「どれどれ」と言いつつ採点をはじめる。その様子をグッタリと椅子の背もたれに背中を預けた状態で眺めた。

「えっ!? 嘘……す、すごい……ちょ、ちょっと幸司、どうしちゃったのよ。本当に全部合ってるなんて……えっ? 待って。これ、ほんと?」

余裕たっぷりな様子で答案をチェックしていた優衣の声がだんだんと上《うわ》ずり、信じられないといった感じで何度も問題文と幸司の答えを見比べている。

(えっ？　優衣さんのこの様子、まさか本当に全問正解？　嘘、マヂで？)

「ふっ、ふ〜ん、ぼ、僕だってやればできるんだから、この程度、朝飯前だよ」

高校の入試問題である以上ある程度は解けると思ってはいたが、当初の心意気に反して全問正解は難しいだろうと感じていた。それだけに優衣の言葉に信じられないものを覚えつつ、虚勢《きょせい》を張った態度を取ってしまう。

「問題に取り組む姿に鬼気《きき》迫るものはあったけど、まさか本当に全問正解するなんてちょっと幸司を甘く見ていたわ。ッたく、いつもいまくらいの集中力、見せなさいよね。はぁ、完全に私の負けね。じゃあ、ズボンとパンツ、脱いでちょうだい」

「えっ！　いや、ちょ、ちょっと待ってよ、優衣さッ、優衣お姉さん」

負け惜しみのような言葉を口にする女子大生に鼻高々《はなたかだか》な気持ちになっていた幸司は、最後のセリフで一気に戸惑いの極地へと叩きこまれた。

(まさか本気だったの？　そりゃあ、優衣さんみたいな綺麗なお姉さんに触ってもらえたら最高だけど、でも……)

「なによ、そういう約束でしょう。ほら、早く脱ぐ」

「いや、そうなんだけど、でも、お義姉さん、そろそろ帰ってくるかもしれないし、もしそんな場面を見られたら……」

てっきりいつものからかいだと思っていた幸司は、美人家庭教師をオロオロさせるどころか逆にアタフタさせられる立場になっていた。そのため兄嫁のことを持ち出し牽制《けんせい》とした。

いっしょに暮らしている遥奈はこの日、学生時代の友人たちと食事をする予定であったためまだ帰宅していなかった。だが、時計の針が八時半になろうとしているいま、いつ帰ってきてもおかしくないように思える。

「大丈夫よ。いま八時半でしょう。七時スタートの飲み会ならこの時間、まだお店で飲んでるわよ。だから遥ねぇが帰ってくるまで最低でもあと一時間くらいは余裕があるはず。なぁに、もしかして幸司、怖《お》じ気《け》づいたの。せっかくお姉ちゃんがシコシコしてあげるって言ってるのに」

先ほど一瞬見せた声の上ずりなどなかったかのように再び余裕ある態度となった優衣が、右手を筒状にして上下に動かす仕草で微笑みかけてきた。擬似手淫のジェスチャーだと瞬時に理解した幸司の背筋がまたしてもゾクリとした。問題に集中しいったんはおとなしくなった淫茎が、再びムクムクとその硬度を高めはじめてしまう。

「べ、別に怖じ気づいてなんていないよ。ただお義姉さんに見つかって困るのは僕だけじゃなく、優衣お姉さんもいっしょだから心配してあげただけじゃないか」

「あら、ありがとう。でも、本当にまだ時間的な余裕はあると思うから大丈夫よ。でッ、どうするの、幸司。お姉ちゃんからのご褒美《ほうび》、欲しくないのかな？」

小首を傾《かし》げるようにして悪戯《いたずら》っぽい目で見つめてくる優衣に、幸司の胸はキュンッとさせられてしまった。同時に臨戦《りんせん》態勢を整え終えたペニスがスウエットの下で触ってほしいと訴えるように跳ねあがる。

「じゃ、じゃあ、あの、お願い、します」

初めて女性に陰部を見せる羞恥に緊張を覚えつつ、幸司はデスクチェアから立ちあがった。すると女子大生も椅子から腰をあげ、正面から向き合う体勢となった。

(優衣さんって本当、背も高くてスタイルいいよな)

立ちあがると目線の高さはほぼ同じとなる。幸司の身長が百七十センチ弱であることを考えても、優衣が女性としては長身であることがわかる。

肌に張りつく黒のキャミソールが細身の身体の中、乳房の実り具合をあらわにしていた。さらにダメージ加工されたスキニージーンズが張りつく下半身もスラリとしている。アイドル顔負けの相貌《そうぼう》にモデル並のスタイルを誇る美人女子大生に、幸司はウットリとしてしまった。

「ほら、早く脱ぎなさい。それともお姉ちゃんに脱がせてもらいたいの？」

「あっ、い、いや、じ、自分で、自分でちゃんと脱ぎます、はい」

優衣の言葉で現実に引き戻された幸司は、声を上ずらせながらもスウエットとその下の下着の縁をいっぺんに摑《つか》んだ。心を落ち着けるようにいったん目を閉じ、「ふぅ」と小さく息をついてから、ズイッと引きおろす。すると、ぶんっとうなりをあげるように完全勃起があらわとなった。

「キャッ、あんッ、す、すっごい……もうそんなに大きくしてるなんて、どんだけ期待してるのよ」

目の前で晒《さら》された男子高校生のペニスに、からかう声が少しかすれてしまった。

(こ、これが勃起したオチ×チン……こんな勢いよく勃《た》っちゃうものだったのね)

実姉の義弟である五歳年下の少年。女性経験のない幸司には気づかれていないようだが、余裕ある態度を装《よそお》っている優衣自身、実は処女であった。そのため、屹立した男性器を見るのはこれが初めての経験であり、そのたくましさに鼓動が速まり、呼吸が少し荒くなってきてしまう。

「だ、だって冗談だと、いつもみたいにからかわれているだけだって思っていたから……それが本当で、優衣さんみたいな綺麗なお姉さんに触ってもらうチャンスなんて今後ないだろうし、興奮するなって言うほうが無理だよ」

顔を赤らめた幸司が恥ずかしさを隠すように強い口調で反論してきた。

(この様子だと私が硬くしたオチ×チンに戸惑っていること、本当に気づいてはいないみたいね。私にしたってこんなチャンス滅多《めった》にないことなんだから、しっかりと勉強させてもらえれば……)

昔から異性から告白されることも多く、自分がなかなかの美形でありスタイルもよいことは自覚していた。性格がサバサバしていることもあって友人は多く、その中には優衣が恋愛経験豊富だと思っている者たちもいる。

優衣にしても人並みに恋愛や性交についての興味はあるのだが、どうしたことかその分野では奥手になってしまい、二十歳《はたち》をすぎたいまも未経験のまま来てしまっていたのだ。そんな女子大生にとって、姉の義弟となった幸司は自分よりも年下ということもあり、気持ち的に優位に立てる存在であった。

「あっ、開き直った。お姉ちゃんに触ってもらいたがるなんて幸司はエッチな弟ね」

(幸司がチャラ男くんだったら全然違ってたんだろうけど、素直な男の子で私からの弟扱いも受け入れてくれてるから、ついお姉ちゃんぶって意地悪したくなっちゃうのよね。その意味では、私のほうがこの子に甘えちゃってるのかもしれないわね）

そう思うと自然と頬が緩《ゆる》んでしまう。もしかしたら幸司には余裕ある笑みに見えるかもしれない、そんな考えも一瞬脳裏《のうり》をよぎった。

「そ、それは正解のご褒美に手でしてくれるって言った優衣お姉さんのほうがよほどエッチなお姉ちゃんじゃないか」

初めての勃起への戸惑いを押し隠すようにさらにからかいの言葉を送った優衣に、男子高校生も言い返してくる。

「はい、はい、じゃあ、そういうことでいいわよ。それじゃあ約束どおり、気持ちよくしてあげるね」

いつまでも水掛け論的言い合いをしていてもはじまらない。優衣は覚悟を決めると小さく息をつき、少年の前で膝立ちとなった。すると誇らしげに裏筋を見せつけてくる強張《こわば》りのたくましさがいっそう強く感じられる。

（ほんとにすごい。あんッ、しゃがんだせいでオチ×チンとの距離が近くなったからか、鼻の奥がムズムズする匂いが……）

勢いよく天を衝《つ》くペニス。しかし、その色味は汚れを知らない美しさがあり威圧感はない。パツパツに張りつめた亀頭はまだピンク色をしていた。だが、その先端から滲《にじ》む先走りの香りは女子大生の性感を刺激するに充分な艶《なま》めかしさがあった。

(あぁん、ヤダわ、あそこまでムズムズしてきちゃってる。セックスってこの大きくなったモノがあそこに入ってくるのよね)

秘唇に屹立が圧《お》し入ってくる場面を想像したとたん、下腹部にズンッと鈍痛《どんつう》が襲った。腰がゾワッとなり、同時に肉洞がキュンッと疼《うず》きはじめてしまう。

「あぁ、まさか優衣お姉さんにこんな近くから見られることになるなんて……」

「嫌だった? やめる? いまならまだ間に合うわよ」

羞恥に耐えるように腰を左右にくねらせる少年を優衣は上目遣いに見つめた。

(そうよ、いまならまだ間に合う。エッチに興味はあるけど、遥ねぇの義弟であるこの子とはやっぱり問題よね。まあ、私がお姉さんぶった余裕ある態度で接することができるのは幸司だけなんだけど……無理やりするわけにはいかないし、この子がNOと言ってくれたら……でもYESならそのときは……)

異性への初めての性行為。それが目の前に迫ると優衣のほうが怖じ気づきそうになっていた。そのため、今後の展開を幸司に委《ゆだ》ねる気持ちが強まっていく。

「あっ、いや、そ、それは……さ、触って、ください。ゴクッ、やっぱり僕、綺麗なお姉さんの、優衣お姉さんの手で気持ちよくしてもらいたい」

耳まで赤く染めた少年が、意を決した顔で訴えかけてきた。その瞬間、そのあまりに一所懸命な表情に優衣の胸がキュンッとしてしまった。

「うふっ、わかった。じゃあ、お姉ちゃんがしてあげるね」

優しく微笑み返してやったものの、初めてのことに心臓が高鳴ってくる。緊張で指先が震えそうになるのを懸命に抑えつけ、優衣は小さく唾《つば》を飲みこむと右手をたくましい肉竿にのばした。血液漲《みなぎ》る肉柱、その中ほどをやんわりと握りこむ。その瞬間、ペニスのあまりの硬さと指を焼くような熱さにビクッとしてしまった。

「ンはっ、あぁ、ゆっ、優衣、おねえ、さん……」

「あんッ、硬いわ。それにすっごく熱い。こんなにたくましいのに触るの、お姉ちゃん、初めてよ」

(ほんとにすごいわ。男の人のってこんなにカチンコチンに硬くなっちゃうんだ。それにこんなに熱を持って……)

実際、初めて勃起した男性器に触れたのだから嘘は言っていない。だが、処女であることを隠したいという思い、少年に誤解を与えようとする意図はあった。

「あぁ、き、気持ちいい……はぁ、女の人に触ってもらうのがこんなに気持ちいいなんて……くぅぅ、すぐにでも出ちゃいそうだよ」

「まだ握ってあげただけじゃないの。いま出したらもったいないわよ」

蕩《とろ》けた眼差《まなざ》しで優衣を見つめ、切なそうに腰を左右にくねらせる幸司を可愛く思いながら、女子大生はさらに艶然と微笑みかけた。そして右手に握る硬直をそっと上下にこすりあげてやった。

ほっそりなめらかな指先が太い血管浮きあがる無骨《ぶこつ》な肉竿を撫であげると、ペニス全体が小刻みに跳ねあがり張りつめた亀頭先端からさらなる先走りがトロリと溢れ出した。その芳香が鼻の奥をツンッと刺激し、優衣の性感を揺さぶってくる。

（こうやってただこすってあげてるだけなのに、あそこのムズムズがさらに……ヤダ、勝手に腰が揺れちゃいそうになる。これって、私の身体が欲しがってるってことよね。遥ねぇの義弟相手に、高校生の幸司にこんな欲情させられるなんて……）

秘唇の疼きをはっきりと自覚する優衣の右手は、オンナの本能によってリズミカルに動き、いきり立つ淫茎をしごきあげていく。溢れ出した粘液が竿の部分にも垂れ落ち、それが女子大生の指先と絡《から》むと、チュッ、クチュッと粘《ねば》ついた淫音を奏《かな》ではじめた。鼻腔粘膜を刺激する牡臭がさらに濃くなり、淫らな気持ちを高めてくる。

「んヵぁ……はぁ……おッ、お姉さん、僕、本当にもう……」

「あぁん、まだダメよ。もっと耐えて。男の子ならできるはずよ」

ビクン、ビクンッと小刻みに腰を震わせる幸司の射精感を訴える言葉に、優衣は甘い吐息《といき》を漏らし、もっと我慢するよう促《うなが》していく。

(私、いま、信じられないくらいエッチな気分、高まってる。もっとこの硬いオチ×チンを触っていたいって、刺激してあげたいって思ってる)

初めて触れた強張りに優衣のオンナがどんどん目覚めていく感覚があった。抑えようとしてもヒップが左右に揺れ動き、肉洞内では膣襞が蠕動《ぜんどう》。淫らな体液が下着を濡らしていく。さらに、キャミソールの下では乳房が確実に張ってきていた。

「あぁ、いまの優衣さんの、くッ、お姉さんの顔、とってもエッチだ。まさか、こんな表情を見られる日が来るなんて……」

「もうバカなこと言わないでよ。そんなこと言われたら恥ずかしくなっちゃうじゃない。でも、本当にそう思うのだとしたら、それは幸司のこれが素敵だからよ」

頬が熱くなっているのは自覚していた。きっと優衣の顔も幸司に負けず劣《おと》らずに上気しているに違いない。声が自然と鼻にかかった甘いものとなってしまう。

「そんなこと言われたら僕さらに……」

ビクンッと腰を震わせた少年のペニスがいちだんとたくましくなった。

（嘘、まだ大きくなるの⁉　それに匂いも強く……あぁん、ダメ、このエッチな香りにあそこのウズウズがさらに……）

強張りを襲う小刻みな痙攣《けいれん》がその間隔を短くし、粘度を増した先走りが溢れ出すと鼻の奥をくすぐる香りがいっそう淫靡なものとなっていく。

「しょうがないわね、いいわよ、ほら、出しなさい」

巌《いわお》のように硬く、溶けた鉄のように熱い肉竿。オンナの本能が胎内への受け入れ準備を着々《ちゃくちゃく》と整えるなか、優衣は右手の動きを速めた。漏れた先走りと指腹が奏でる淫らな摩擦音がどんどん大きくなっていく。

「くはッ、は、激しい……そんな思いきりしごかれたら僕……いいの、本当にこのまま……はぁ、優衣さん、お姉ちゃんの顔にかかっちゃわない」

愉悦《ゆえつ》に顔をゆがめる少年の言葉に、女子大生はハッとさせられた。自然と硬直をこする右手の力が弱まってしまう。

（た、確かにこの位置だと幸司の精液が顔に……）

濃厚な白濁液を顔にかけられる場面を想像したとたん、子宮にズンッと重たい疼きが走った。淫蜜がジュワッとパンティクロッチに漏れ出したのがわかる。

「ダメよ、それは。後始末、大変なんだから。ティ、ティッシュはどこなの？」

「えっ？　ティッシュはベッドの……あっ、そうだ、確かここに……」

必死に射精感をこらえているのが伝わってくる少年がベッドサイドに視線を送ったが、直後なにかを思い出した様子で上半身をひねると勉強机の引き出しを開け、未使用のポケットティッシュを取り出してきた。

「開けてくれなきゃ取り出せないわ。それとも、この手、離してもいいの？」

「ンはっ！　あぅ、あぁ……ダメ、触っていて、くッ、ぼ、僕が開けるから」

からかうようにギュッとペニスを握り締め強めにしごく。すると、激しく腰を震わせた幸司が切なそうに首を振り、せわしない感じでポケットティッシュのビニールを開けた。開けたというより、勢い余って破いたといった感じだ。

「うふっ、ありがとう。じゃあ、いいわよ、出して。お姉ちゃんが最後までこすっていてあげるから、いっぱいピュッピュしてちょうだい」

顔に精液をかけられる心配が回避《かいひ》されたことで若干の余裕を取り戻した優衣は、悩ましく火照《ほて》らせた顔で少年を見あげ、再びリズミカルな手淫を施《ほどこ》していった。同時に左手で提供されたポケットティッシュを半分ほどまとめて引っ張り出し、張りつめた亀頭へと被せていく。

「うはッ、出るっ！　僕、本当に、あっ、あぁぁぁぁぁぁぁッ！」

敏感な亀頭を刺激されたからか、その瞬間、強張りを握る右手が弾《はじ》かれそうな痙攣がペニスを襲っていた。

幸司が激しく全身を震わせるのに合わせて、欲望のエキスがズビュッと被せたティッシュへと吐き出される。その勢いは猛烈《もうれつ》で、厚く重ねられたチリ紙の一番外側まで染みてくるほどであり、精液を吸ったティッシュが重たくなっていた。

(す、すごい……こんなに勢いよく……これが射精なのね)

亀頭から直接噴きあがる場面を見たわけではなかったが、優衣は初めて体感した男性の絶頂に圧倒されていた。それでも断続的な痙攣をつづけている肉槍を握り、小刻みにこすりつづけていたのはオンナの本能であろう。

「あぁ、優衣さん、出るよ、僕、くぅぅ、射精、止まらないよぅ」

「いいのよ、出して。最後までシコシコしてあげるから、全部、出しちゃいなさい」

かすれた声で愉悦を伝えてくる少年に、女子大生は火照らせた顔で頷《うなず》いてやった。

その後しばらく脈動がつづいたのち、ペニスがようやくおとなしくなった。亀頭に被せたティッシュは一番外側まで精液のシミが広がり、栗の花に似た強烈な香りが鼻腔の奥に突き刺さっていた。

「いっぱい出たわね。ティッシュから染み出す匂いで私まで変になっちゃいそうよ」

脳を揺さぶる牡の欲望臭に陶然《とうぜん》とした気持ちにさせられつつ、優衣は艶めいたオンナの顔で教え子を見あげた。

「ありがとう、優衣お姉さん。こんな気持ちいいの、僕、初めてだったよ」

「うふっ、それはよかったわ。じゃあ、後始末は自分でしてね」

男性器に触ったのも初めてなら、射精に導《みちび》いたのも初めて。後始末の仕方などわかるはずもない。そのため幸司の言葉は渡りに船であった。パッとペニスから手を離すと、精液を吸ったティッシュは落ちることなく亀頭に張りついている。少年がすぐに右手をのばし、こちらに背中を見せる形で後始末をはじめた。

(すごい、手に匂い、染みついちゃってる。私、本当に幸司のこと射精させちゃったんだわ。あんな勢いよく出てくるなんて、まだ感覚が手に残ってる)

優衣はふらつきそうな脚に力をこめ、なんとか椅子に座り直した。少年が後始末を終えるのを待つ間、両手を鼻に近づけるとどこか饐《す》えたような香りが放《はな》たれており、それが男性を絶頂に導いた証《あかし》のように感じられ、自然と顔がにやけてしまった。

「本当にありがとう、優衣お姉さん。ほんと最高に気持ちよかった」

しばらくしてパンツとスウエットを身に着けた幸司が、恥ずかしそうな顔で頭をさげてきた。その初心《うぶ》な態度が女子大生の母性をくすぐってくる。

「いいのよ、全問正解のご褒美なんだし。いい、今度から家庭教師の日には今回みたいなご褒美あげるから、遥ねぇに変な気、起こさないでちょうだいね」

「うん、わかってる。優衣お姉さんがしてくれるなら、僕、絶対」

ウットリとした眼差しを向けてきた幸司が、優衣の言葉に大きく頷いた。

「うふっ、信じてるわ、幸司」

(あぁ、私、変な約束、しちゃったなあ。でも、これで幸司の気が遥ねぇからそれれば安心だし、私も男の人のに慣れることができて一石二鳥よね)

たくましい肉槍の硬さと熱さの残る右手にチラッと視線を向けた優衣は、自分にそう言い聞かせると凄艶《せいえん》な微笑みを幸司に向けるのであった。

2

「うぉぉォォ……」

その瞬間、どよめきが屋内プールにこだました。声をあげたのは、二十五メートルプールを囲むように設《しつら》えられたスタンドに座る男子生徒たち。注目を集めたのは、羽織っていたパーカーを脱いだ二十七歳の音楽教師、里見遥奈である。

たぐいまれなる美貌と絶賛される遥奈の顔は、うりざね形の輪郭の中それぞれに整ったパーツが見事なバランスで配置されていた。キリッとした眉に長い睫毛《まつげ》、涼やかな二重瞼《ふたえまぶた》の瞳。程よい高さの鼻梁《びりょう》にいかにも柔らかそうな形いい唇。そして、肩先で切り揃《そろ》えられた艶やかな黒髪。

その美貌もさることながら男子生徒の注目を集めた最大の理由は、熟れはじめた身体にあった。豊かな乳房が誇らしげに水着を内側から押しあげている。ウエストは抱き締めたら折れてしまうのではと思わせるほど細く括《くび》れ、ボリュームあるヒップが無防備に張り出していた。さらに、適度な肉づきの太腿からはじまる長い脚も官能的なまでに美しいラインを描いている。

遥奈が着ているのは実用的な水着でけっしてオシャレなものではない。色も黒味がかった青一色。しかし、そんな水着も全身が悩ましいS字カーブを描く女教師が着用すると、この上なくセクシーに見えた。

遥奈はスタンドからあがった声に戸惑ったような表情を浮かべ、美しい眉が困ったようにひそめられた。それでも気を取り直したように、先にプールサイドに集合していたスクール水着を着た女子生徒のもとへと歩み寄っていく。しっかりサポートが利《き》いているはずなのに、女教師の乳房はたゆん、たゆんと悩ましく揺れ動き、性欲旺盛《おうせい》な男子生徒から陶然とした吐息がこぼれ落ちる。

一学期の中間テスト最終日を迎えたこの日。屋内プールでは来月半《なか》ばに予定されている文化部対抗水泳大会に向けての合同練習が行われていた。吹奏楽部顧問《こもん》の遥奈もそれに付き合うためにプールサイドに出てきたのだ。というのも、対抗リレーには教師も参加するためいっしょの練習は欠かせなかったのである。

「スゲぇ、まさか里見先生があんなエロい身体してたなんて思わなかったなあ」

「ほんとだよ、てっきりスレンダー美女かと思ったら脱ぐとあんなとか反則だろう。やべぇ、スマホで写真や動画撮りてぇ」

「バカ、それはやめとけ。【撮影禁止】の張り紙、やたらあるだろう。昨日、それを無視して女子生徒の写真を隠し撮りしたやつがいたみたいだけど、見つかった上に親まで呼び出されたって話だぜ」

「だから、やたらと見回りが多いのか」

「そういうこと。あぁ、俺も吹部入ればよかった。楽器、なにもできないんだけど」

スタンド中央の席に腰をおろしていた幸司はいっしょに見物に来たクラスメイトたちの言葉を聞き流しつつ、豊かな膨らみを揺らして歩く女教師を見つめていた。

(でもほんと、お義姉さんはすごいスタイルしてるよ。洋服越しだとあんなグラマーだなんて思わないもんなあ。家でももっと身体のライン見せてほしいけど、そんなお願いできるわけないし、こうやって合同練習を見物するのが現状ベストか）

　学生ズボンの下の淫茎が鎌首をもたげてきてしまう。家庭教師の優衣は先週も手淫をしてくれた。それは問題正解のご褒美であり、幸司が兄嫁によこしまな想いを持つことを避けるためでもあった。しかし、女子大生に握ってもらうようになってから、遥奈のことがそれまで以上に気になるという困った現象が起こっていたのだ。

「なあ、里見、お前、里見先生と同居だったよな」

「えっ、あぁ、そうだけど。それがどうかしたのか」

　隣に座るクラスメイトの囁くような問いかけに、幸司は横を見た。

「物は相談だが、先生の下着、一枚、拝借《はいしゃく》できないかな」

「はぁっ？　なに言ってんだよ。無理に決まってるだろう。そんなの見つかったら最後、犯人は僕ですって名乗り出てるようなもんじゃないか。こっちは兄貴の家に居候させてもらっている身なんだよ。リスクでかすぎるだろう」

「だよな……はあ、悪い、忘れてくれ」

　幸司の反応にクラスメイトは諦《あきら》めの溜息《ためいき》をつき、発言を撤回してきた。

（ほんとなに考えてるんだか……でも、いままでお義姉さんの下着に悪戯しようって

いう発想はなかったなあ。あっ！　やっぱり無理だ、それ）

準備体操を終え生徒とプールに入っている遥奈の姿を追いつつ、幸司は目から鱗《うろこ》な思いを抱くも、すぐに現実味の乏《とぼ》しさを理解した。なぜなら、教師という仕事を持つ遥奈は夜、入浴後に洗濯機を回し、朝には乾燥まで終わっていたのだ。

（しまわれている下着なら触れるかもしれないけど、でもどうせ悪戯するなら脱いだ直後のパンティやブラジャーがいいよな）

「あっ！」

キャップを被りゴーグルもつけた義姉が、美しいフォームのクロールでゆっくりと身体を慣らすように泳ぐ姿を見つめていた幸司の脳に、突然の閃《ひらめ》きが生まれた。

「んっ？　どうかしたのか」

唐突《とうとつ》に声をあげた幸司に、クラスメイトが訝《いぶか》しげな表情を浮かべた。

「あッ、いや、帰り本屋に本を取りに行くことになってたのを思い出したんだ。悪いけど、僕、先に帰るよ」

そう言ってそのまま観覧席を離れ、屋内プールから外へ出た。グラウンドからは試験が終わり早速練習を再開した野球部のかけ声が届き、近くのテニスコートからもラケットでボールを打つ軽やかな音が聞こえている。だが、テストが終わった解放感に浸《ひた》るため多くの生徒が早々《そうそう》に下校したようで、校内は意外なほど閑散《かんさん》としていた。

(問題はここから。ここから先は誰かに見咎《みとが》められたら、大変なことになるからな)

気を引き締め直し、校舎一階の奥に向かう。そちらには教師用の更衣室があった。

幸司は女教師用の更衣室に忍びこみ、兄嫁の下着を盗もうと考えたのだ。

自宅で脱ぎたての下着を手にすることはできないが、いまなら可能だ。それに校内の更衣室から盗めば、犯人が特定されることもないだろう。罪悪感がないと言ったら嘘になる。しかし、遥奈の下着を手にできるかもしれない誘惑には勝てなかった。

角を曲がった突き当りに目的地はあった。周囲に人の気配がないのを確かめ、足音を殺して小走りで更衣室前へと移動。ドアノブに手をかけゆっくりとひねる。

少しだけドアを開け室内の気配を窺《うかが》う。幸運なことに誰もいないようだ。再び周囲に警戒の視線を走らせた幸司は次の瞬間、すばやく扉を開け、中へと忍びこんだ。ふわっとした芳《かぐわ》しい香りが鼻腔粘膜を刺激してくる。

(うわッ、すっごく甘ったるい匂いが充満してるなぁ)

広くはない更衣室の中は、複数の女教師それぞれが使っている化粧品の匂いがブレンドされ、まるでデパートの化粧品売り場のような匂いで満たされていた。

長時間いると頭が痛くなってしまいそうな芳香のなか、幸司はスチール製のロッカーが並ぶエリアへと回りこみ、義姉の使っているロッカーを探しはじめた。

ロッカーにはそれぞれ名札が貼られているため、間違えてほかの教師のロッカーを開けてしまう心配はない。ほどなくして「里見」という名札が貼られたロッカーを見つけることができた。

「こ、これだ。この中にお義姉さんのし、下着が……」

緊張に震える呟《つぶや》きが口をつく。心を落ち着けるように深呼吸をしてから、取っ手に手をのばした。もしかしたら鍵がかかっているかもしれない。そんな不安も杞憂《きゆう》に終わった。ガチャッ、という音を立て戸が簡単に開いたのだ。

「ほんとに、開いちゃったよ」

願っていたこととはいえ、ロッカーの扉があっさりと開いてしまったことに軽い衝撃を受けた。同僚しか利用しない場所ではあるが、あまりにも不用心すぎやしないかと、不埒《ふらち》な己《おのれ》の立場も忘れ、遥奈の無警戒ぶりに嘆息《たんそく》してしまいそうになる。

ロッカー扉の内側には小さな鏡が貼られ、腕時計などを置いておくための幅の浅い棚も設えられていた。だが目的地はそこではない。短いパイプには三本のハンガーが掛けられていた。その一本には薄いピンク色のブラウス、別の一本にはネイビーのタイトスカート、最後の一本にはジャケットがそれぞれ吊されている。

（脱いだ下着は、どこだ？）

いつ誰が入ってくるかもしれない緊張のなか、幸司の視線はロッカー内部を彷徨《さまよ》っていた。底辺部分に脱いだパンプスとふだん使っている肩掛け鞄が置かれている以外、目につくものがない。

「なんでないんだよ。絶対おかしいだろう」

焦《あせ》りからつい悪態をついてしまう。もしや自分より先に誰かが侵入し、義姉の下着を持ち去ってしまったのではないか、そんな疑念まで駆け巡《めぐ》る。しかし、そこであることに気がついた。

ハンガーに吊されたブラウスとスカート、ジャケットは、なぜかロッカーの右端に寄せるようにして掛けられていたのだ。取り出しやすいように真ん中付近に吊すのが自然ではないか、そう思った瞬間、全身に電流が駆け抜けた。

「も、もしかして……」

三つのハンガーを左側に少し移動させてみる。すると奥側にはマグネット式の小さな棚があり、ハンドタオルの下になにかが置かれているのが目に入った。

（そうか、下着はこの下に隠すように置いているんだな）

心臓が驚くほど高鳴り、緊張で口内が乾いてくる。唾液を掻《か》き集めコクッと飲むとハンドタオルをゆっくりと持ちあげた。

「あぁ、お義姉さん……」

思わず感嘆《かんたん》の呟きが漏れる。まず目に飛びこんできたのはサックスブルーのブラジャーであった。大きなカップの周囲にはレースがあしらわれており、シンプルでありながらもオシャレな印象がある。

(これがさっきまでお義姉さんのあの大きなオッパイを包んでたのか)

そう考えるとそれだけでペニスは完全勃起し、小刻みな痙攣を起こしてしまう。緊張と興奮に震える右手を魅惑のブラジャーにのばす。ゴクッと生唾を飲み、下着を手に取ろうとしたそのとき、一気に地獄へと叩き落とされた。

「そこでなにをしているの！」

毅然《きぜん》とした声にハッとなると同時に、顔面から一気に血の気が引くのがわかった。油の切れたロボットのようなぎこちない動きで声のほうに顔を向ける。するとそこにはひっつめ髪に銀縁メガネの女性が腕を組んだ状態で立っていた。メガネの奥に見える目は非常に険《けわ》しく、その眼光《がんこう》の鋭さに幸司は一歩も動けなくなってしまった。

「まっ、前田《まえだ》、セン、せい……」

干からびたような声がかろうじて口をつく。悪事を見られた相手は生徒指導と進路指導の担当である前田香奈子《かなこ》であった。香奈子は三十一歳の国語教師で、生徒指導担当であることから厳しい先生として有名であった。しかし、身体は非常にグラマーであり一部の男子生徒から熱狂的な人気を誇っている人物でもある。

「こ、幸司くん？　あなたいったいここでなにを……ハッ！　そこって遥奈のロッカー……あなた、まさか……」

不埒な生徒の正体に驚きの表情となった香奈子が次の瞬間、ハッとした様子で両目を見開いた。幸司がなにをしようとしていたのかを察したらしい。

「ま、前田先生、ぼ、僕……」

（最悪だ。やっぱり悪いことはしちゃいけないんだよ。これで大好きなお義姉さんとの生活も終わりだ。これからはまともに顔、合わせられないよ）

自分の浅はかな行いが原因とはいえ、失うものの大きさを思い幸司はズルズルッとその場に崩《くず》れ落ちてしまった。家庭教師の際に優衣が言っていた「年頃の男の子のエッチな衝動は無視できない」。奇《く》しくもそれを実践してしまったことになる。

（優衣さん、ごめん。僕、お義姉さんの、兄さんの家庭、壊しちゃったかも……）

義姉がこのことを知ればそうとうなショックを受けることは確実だろう。当然、そんな下品な犯行を犯す義弟といっしょに暮らそうとは思わなくなり、幸司はいまのマンションを追い出され、実家へと帰ることとなる。

いまの学校に通いつづけられればいいが、退学ともなればこれからの人生そのものを棒に振りかねない愚行であったことを、いまさらながらに意識した。

(それも見つかったのが前田先生、香奈子さんなんて……)

幸司が絶望のどん底に落ちた気持ちになるのは、現行犯として見つかった相手が香奈子であったことにも起因《きいん》していた。というのも、香奈子は兄嫁の遥奈、家庭教師の優衣の姉に当たる人物、浜本三姉妹の長女だったのだ。

今回の不祥事は遥奈にとどまらず、早晩《そうばん》、女子大生も知ることになるだろう。そうなれば優衣に家庭教師をしてもらうことも叶わなくなる。

「ほら、なにしゃがみこんでるの。立ちなさい。こんなところ、もしほかの先生に見つかったら大変なんだから。生徒指導室へ移動するわよ」

「えっ?」

「えっ、じゃないの。早くして」

「は、はい」

焦《じ》れたような香奈子の言葉に頷き、幸司は脱力しそうな膝になんとか力を入れた。

「ロッカー、元どおりにしておきなさいよ。私が黙っていても、遥奈が気づいて騒ぎになったら大事になっちゃうんだからね」

「あっ、は、はい」

三十路教師の言葉に慌てて頷いた幸司は、ブラジャーの上にハンドタオルを戻し、三つのハンガーを右に寄せることで元どおりに直すとロッカーを閉じた。そして香奈子に導かれるまま、地下一階にある生徒指導室へと移動した。

3

校舎地下一階にある生徒指導室は、広さ六畳ほどのほぼ真四角な空間だ。生徒によけいな緊張を強《し》いない配慮《はいりょ》として壁や天井は薄いクリーム色に塗られ、部屋のコーナー部分には二箇所、対角線上に人の背丈ほどの人工の観葉植物が置かれている。部屋の中央には横幅一メートルのテーブルがあり、それを挟む形で二人掛けのソファが二脚設置されていた。

香奈子はそのソファの片方に座り、女子更衣室から連れ出した生徒、妹の義弟である幸司と向かい合っていた。高校一年生の少年は押し黙ったまま下唇を噛み、泣くのを必死にこらえているのか目を何度もしばたかせ、顔をうつむけている。そして両手は膝を摑むような格好であり、緊張と後悔のなかにいることが伝わってきた。

「ふぅ、まずは確認なんだけど、教師用の女子更衣室に忍びこんで、幸司くんは遥奈の下着を盗もうとしたってことでいいのかしら？」

「はい」

「なんでそんなことを。遥奈はあなたの義姉、お兄さんの奥さんなのよ」

詰問《きつもん》口調にならないよう注意しながらさらに問いかけると、少年は消え入りそうな声で屋内プールでのクラスメイトとの会話で遥奈の下着に興味を持ち、更衣室に忍びこめば手に入れられるのではないかと考えたことを告白してきた。

(女性の下着を使った自慰の話は聞くけど、幸司くんはそういうことは知らなかったのね。だけど、友だちとの話で急に現実味を持ったと)

十年近く高校教師をしていれば、生徒の性に関する悩みや問題を見聞きする機会も増える。男の子が女性の下着を使って一人エッチする話は何度も耳にしたことだ。そのため幸司の告白にも特段の驚きはなかった。ただ問題なのは、未遂《みすい》とはいえ今回の被害者、加害者がともに身内ということである。

「だったら家の……あぁ、確か洗濯は夜のうちにすませちゃってるんだったわね。だからって、許されることではないでしょう。下着が盗まれたことを知った遥奈はどう思うかしら？　ノーブラ、ノーパンで家に帰らなくてはいけないのよ。そんな恥ずかしい思いを、あなたは義姉にさせたいの？」

以前、妹から聞いた洗濯事情を思い出す。容認できることではないが、幸司にとって今回の行為が兄嫁の脱ぎたて下着を入手する唯一現実的な方法だったのだろう。

「ほんとバカなことをしました。お義姉さんの気持ちとか、気を回す余裕全然なくって……自分の欲望ばっかりで……本当にごめんなさい」

震えた声で絞《しぼ》り出すように答えた幸司が、うつむけていた顔をさらに深くさげた。

「反省しているのならそれでいいのよ。ふだんの幸司くんがとってもいい子なのは私も知っているし」

教師と生徒以外に親戚としても接している香奈子は、幸司が素直な少年であることを知っていた。また現在ともに暮らしている遥奈からも義弟に関する懸念《けねん》は一度も聞いたことがない。それどころか「秀一と暮らすより、幸くんがいっしょのほうが家事も積極的に手伝ってくれるし、ずっと楽だわ」とさえ言っていたほどなのだ。それを踏まえると、今回の幸司の行動は『性衝動の暴走』ということになりそうである。

「反省しています。二度とこんなことしません。ですから、お義姉さんには今回のこと、ないしょにしてください。お願いします、前田先生」

「いま先生呼びをはやめて。それに問題にするつもりなら、ここではなく職員室に連れていってるわよ。生徒指導の立場としては見逃せない行為だけど、あなたも遥奈も私にとっては大切な家族だし、その恥をさらしたくはないわね。まあ、教師としては私のこの身内贔屓《ひいき》も問題なんだけどね」

冗談めかすように、香奈子は肩をすくめてみせた。

「ありがとうございます。香奈子さん」

ホッとした様子で顔をあげた幸司の目が赤く充血しているのがわかった。まだ若干の強張りがあるが、だいぶ落ち着いてはきているようだ。

「本当に二度とダメよ。見つけたのが私だったからまだいいけど、ほかの先生だったら停学もありえるようなことなんですからね」

「はっ、はい」

少し脅《おど》すような言い方をすると、教え子の肩がビクッとなり激しく首肯《しゅこう》してきた。

(幸司くんが今後同じことをする可能性は低いだろうけど、でも……)

幸司が学校内で同じような過《あやま》ちを犯すことはないだろうと思える一方、香奈子には気がかりなことがあった。

「本当に大丈夫ね。一度行動に出ちゃったいま、いままでどおりに我慢できる?」

「それは……でも、僕、お義姉さんのことはほんと大切なので困らせるようなことはしたくないです。だから、大丈夫、だと思います」

最後のほうはどこか自信なさげであったが、幸司は真剣な表情で返してきた。

（こういう真面目な子が一番危ないのよね。自分自身を追いつめすぎて、思わぬ行動に出てしまうことだって……）

「『思います』じゃあ困るんだけど……実はね、昔こんなことがあったの」

香奈子の脳内には過去の、教師になって三年目に経験した苦《にが》い思い出がよみがえってきていた。そのため、それを幸司に話すことにしたのだ。

それは副担任をしていたクラスの男子生徒のこと。当時その生徒は高校三年生で、二年時の学年末と比べて一学期の中間成績が急降下していた。いまは別の学校に移っているベテランの女教師といっしょに面談した際、最初はノラリクラリと話をそらしていたがついに母親にオンナを感じてしまいツラいのだと告白してきた。

初めての経験に驚く香奈子に対しその先輩教師は、「若くて綺麗なお母さんがいる男の子ならよくあること」と慰《なぐさ》めたのだ。そして「いつかキミにも素敵な彼女が、お母さん以上に魅力的な女性が見つかる。そのときまではお母さんを心の恋人にしておきなさい。でも、お母さんにはバレちゃダメよ」とアドバイスを送っていた。

「あとから聞いたら、思いつめすぎると負のスパイラルに陥《おちい》るから、まずは心を軽くしてあげる方法を取ったって言っていたわ」

「そ、それで、その生徒はどうなったんですか？　成績、戻ったんですか？」

近親者に対して性欲をたぎらせてしまった生徒の話に親近感でも覚えたのか、幸司は前のめりな感じでつづきを促してきた。

「一時的には好転《こうてん》したわ。一学期の期末では成績もほぼ元どおりになっていたし」

しかし、夏休みに事件が起こった。ふだんよりも長い時間母親とすごすことになった少年は、今日の幸司と同じようにいわゆる『性衝動の暴走』を起こした。決定的に違うのは、幸司が下着を盗もうとしたことに比べ当時の教え子は母親を押し倒してしまったのだ。幸い母親の激しい抵抗で未遂に終わったものの、家族関係は修復不能になってしまった。けっきょく高校三年生であった生徒は本校を退学。二学期から全寮制の高校に編入していったのである。

「その後、その一家がどうなったのかはわからないんだけど、幸せな結末とはなっていないんじゃないかって気はしているの。遥奈にも、もちろん幸司くんにもそんな思いはさせたくないのよ。わかるでしょう」

「そ、それは、もちろん。僕はお義姉さんとの関係、もちろん香奈子さんや優衣さんとの関係も壊したくないです。いまの話を聞いて怖さが……魔が差した行動の代《だい》償《しょう》の大きさがわかりました。だから、大丈夫、ちゃんと我慢します」

先ほどまでとは違う緊張を感じているのか、幸司の顔にはどこか悲壮な覚悟が見て取れた。

（ちょっと刺激、強すぎたかしら。我慢しすぎるのはそれはそれで問題なんだけど……これくらいの年の子にはそのバランス、難しいかもしれないわね。妹の家庭と未来ある教え子のために、ここは私が一肌……）

脳裏に浮かんだ考えに三十路女の頰が熱を持った。実妹の義弟、香奈子にとっても年の離れた弟のような存在の少年に提案するには行きすぎた行為。だが、すべてを丸く収め均衡《きんこう》を保《たも》つには、長女の自分がヤルしかないという思いにさせられてもいた。

「ねえ、幸司くん、毎日ってわけにはいかないけど、週に何度かここで私が抜いてあげるっていうのはどうかしら？　といっても手でしてあげるくらいだけど」

「えっ⁉　かっ、香奈子、さん？」

「遥奈に対する欲望は我慢してほしいんだけど、抑圧《よくあつ》しすぎもよくないのよ。だからガス抜きじゃないけど、代わりに私が……私は遥奈ほど美人じゃないし、年齢も三十歳をすぎているオバサンだから難しいかしら？」

「そ、そんなこと、ないです。香奈子さん、お義姉さんと同じくらい綺麗だし、魅力的な提案なんですけど、香奈子さんによけいな負担を……政夫《まさお》さんもいるのに」

自嘲《じちょう》気味な笑みを浮かべた香奈子に、幸司は激しく首を振りながらも心配を口にしてきた。少年が口にした「政夫」は香奈子の夫だ。大手半導体メーカーに勤務する四歳年上の男性。友人の紹介で付き合いはじめ、二十八歳のときにいっしょになり現在結婚四年目。しかしまだ子供はいなかった。

(最近、海外支社との夜中のリモート会議が増えた影響かどうか知らないけど、エッチ、めっきりなくなってるのよね。ハッ！　まさか私、幸司くんを旦那の代わりに……いやいや、さすがにそれはないわ。姉として妹の家庭を守るお手伝いよ)

「そこは気にしなくていいわ。幸司くんが私にそういうことをしてほしいかどうか、それだけよ」

ご無沙汰《ぶさた》となった夫婦生活、幸司を誘惑するような言動はそこに起因しているのではないか、そんな思いが脳裏をよぎった香奈子は慌ててその思いを振り払い、すました顔で目の前の少年を見た。

「そ、それは、してもらえるのなら……香奈子さん、すごくスタイルがいいって噂になるほどだし、もしそんなことになったらすっごく嬉しいです」

頬を赤らめながらかすれた声で言ってくる幸司に、思わずクスッとしてしまった。

ひっつめ髪にメガネと厳格な女教師を装ってはいるが、顔立ちはもともと恵まれていた。さらに洋服越しにもわかるグラマラスな肉体が、一部男子生徒の性的欲望を掻き立ててしまっていることも知っている。しかし、身内である少年から言われるとなんとも面映《おもは》ゆいものがあった。

「なら、決まりね。じゃあ、せっかくだからこのまま一度、してみましょうか」

「い、いいんですか？」

「ええ、幸司くんさえよければ。私も脱いだほうがいい？」

「えっ？　かっ、香奈子さんも裸に？」

「さすがに裸は恥ずかしいけど、下着姿くらいならいいわよ。でも、こんなことほかの人に言っちゃダメよ。これは相手が幸司くんだから、身内だから特別なのよ」

「は、はい。絶対ないしょにします。ですから、よろしくお願いします」

先ほどは青ざめていた幸司の顔がいつしか上気していた。緊張と興奮がない交《ま》ぜにでもなっているのか、ソファに座る少年の身体が落ち着きなく揺れている。

（私が言い出したことなんだし、私から脱いであげたほうがいいわよね。まさかこんなことになるなんて、更衣室に入るまで思いもしなかったわ）

思わぬなりゆきに若干の戸惑いを覚えながら、香奈子はソファから立ちあがると横に少しずれ、着ていた濃紺のジャケットを脱いだ。それだけで少年が「おぉ」と小さく感嘆の声をあげる。あらわとなったブラウスを誇らしげに盛りあげる乳房の膨らみに強い視線を感じた。

(思春期の男の子から向けられる視線には慣れているつもりだったけど、これから下着姿をさらすとなるとさすがに恥ずかしいわね)

「ほら、見ていないで幸司くんも脱いでちょうだい」

「あっ、は、はい」

陶然とした眼差しを向けてきていた少年が、次の瞬間、弾かれたように立ちあがった。チラチラッとこちらを窺いつつ、制服のズボンに手をかけていく。その様子を確認した香奈子は、小さく息をつきブラウスのボタンを外しはじめた。

「す、すっごい、ゴクッ、香奈子さんのオッパイ、ほんとに大きい……」

ブラウスを脱いだ女教師に幸司が興奮気味な声をあげた。ブラウスの下からあらわれたのは、なんの変哲もない四分の三カップのベージュのブラジャー。色気の欠片《かけら》もないような代物《しろもの》だが、トップバスト九十八センチ、Hカップの豊乳を包みこんでいるだけにその迫力はそうとうなものがあった。

「あぁん、幸司くんのもすごいわ。もうそんなに大きくしちゃってるなんて……」

グレーのチェックのズボンを脱いだ少年。あらわれた黒のボクサーブリーフの前面が大きく盛りあがっているのを見た香奈子も、思わず艶めきの声をあげてしまった。同時に下腹部がキュンッとなり、腰が小さく震えてしまう。

(すごいわ、ブラジャーを見せただけであんなに……もし全部を、全裸になった姿を見せたらどんな反応を見せてくれるのかしら……って、なに考えてるの私。そんなことはダメよ。これはあくまでも、遥奈を、幸司くんを救うために仕方なく……)

下着に包まれた乳房を見ただけで敏感な反応を見せる幸司に、背徳の考えが一瞬脳裏をよぎった。小さく首を振りその想像を打ち消していく。

「だ、だって、香奈子さんの、オッパイが大きいって噂の前田先生のブ、ブラジャー姿を見ちゃったら、僕、もう……」

「ありがとう。でも、これ以上は見せてあげられないわよ」

顔の火照りを自覚しつつ牽制をかけた香奈子は、腰の後ろのホックとファスナーを解放し、膝下丈のスカートもストンッと落とした。黒のストッキングに包まれた下半身があらわとなる。妹の遥奈や優衣のようにスラリとした美脚というわけではなかったが、それでも美しいラインを描いた脚。ストッキングに包まれた太腿はムチムチであり、母性的な優しさと熟れたオンナの艶めかしさが強調されていた。

「ほんとにすっごい……まさか学校で香奈子さんの下着姿を見ることができるなんて……はぁ、僕、これだけで出ちゃいそうです」

両手で股間を押さえつける仕草を見せた少年が、切なそうに腰を左右に揺らしていた。そのいかにも女慣れしていない態度が、三十路妻の母性を鷲掴みしてくる。

「出しちゃってもいいけど、それならそこで終わりよ。でも、幸司くんがパンツを脱いで私に見せてくれればそのときは……」

初心な反応が可愛く、香奈子はからかうような声をかけ微笑みかけてやった。

「す、すぐに脱ぎます。だから……」

ハッとしたような表情を浮かべた少年が慌ただしくボクサーブリーフの縁に指を引っかけ、ズイッと引きおろした。ワイシャツの裾の間からうなるように飛び出したペニスは天を衝く勢いでそそり立ち、誇らしげに裏筋を見せつけてくる。

「あんッ、す、すごいわ、幸司くんの、そんなに大きかったなんて……」

夫との夜の性活がご無沙汰の香奈子にとって、たくましく屹立する淫茎のインパクトはそうとうなものがあった。子宮にズンッと重たい疼きが走り、刺激から遠ざかる肉洞がざわめきはじめてしまう。

（ヤダわ、硬くしたのを見ただけなのに、あそこがこんなに疼くなんて……私、自分で思っている以上に欲求不満だったのかしら。それにしても幸司くんのがこんなにたくましかったなんて……もう立派な大人のそれね）

若いだけにいきり立つ角度が三十代半ばの夫とは比べものにならなかった。亀頭の張り出しも見事であり、カリで膣内をこすられる場面を想像するとそれだけで腰が妖《あや》しく震えてしまう。しかし、その色味は性体験を積んだ男性の黒ずんだそれと比べまだまだピュアであった。それだけにペニスの存在感に比して威圧感はない。

「そ、そんなじっくり見られたら恥ずかしいです」

「あっ、ごめんなさいね。じゃあ、触るわよ」

恥ずかしげに腰をくねらせる教え子の声に、ペニスを凝視していた香奈子は一気に現実に引き戻された。もしかしたら物欲しげな目をしていたのでは、と思うと気恥ずかしさを覚える。それを押し隠すようにすっとその場にしゃがみこんだ。そのとたんツンッとした性臭が鼻腔粘膜をくすぐり、その香りに触発《しょくはつ》された淫蜜がジュッとパンティクロッチに滴《したた》ってしまった。

（あんッ、これ早くなんとかしてあげないと、私のほうがおかしくなっちゃいそう）

小刻みに腰が揺れ、本能的に太腿同士をこすりつけ合ってしまった香奈子は、予想外に突きあがってきた己の淫欲に焦りを覚えた。右手をのばし血液漲る肉竿の中ほどをやんわりと握りこむ。

「ンはっ！　あぁ、かッ、香奈子、さン……」

「硬いわ、それにすっごく熱い。さあ、気持ちよくなっていいのよ」

（ほんとになんて硬さなの。それにこの熱さと鼻の奥に刺さってくるいやらしい匂いで私までエッチな気持ちに……絶対にダメよ、教え子相手にそんなこと、遥奈にだって顔向けできなくなっちゃうわ）

触り慣れた夫の強張りとはまるで違う若い肉槍に性感が煽《あお》られていくのを感じながら、香奈子は上目遣いに幸司を見つめゆっくりと右手を上下に動かした。漏れ出した先走りが人妻の指先と絡むとチュッ、クチュッと淫らな摩擦音を立てる。

「あぁ、香奈子さん、すっごく、気持ちいいです」

スナップを効《き》かせた手淫を見舞ってくる女教師に幸司のペニスは断続的に跳ねあがり、鈴口から粘度を増した先走りを滲ませていた。

（まさか優衣さんにつづいて香奈子さんにまでこんなことを……お義姉さんの下着を盗もうとしているのを見つかったときはもうダメだと思ったけど、こんな気持ちのい

い結末を迎えるなんて……でも、姉妹だと発想、似るのかな）

幸司が兄嫁によこしまな思いを抱かないようにするお手伝い。それが最終的に遥奈の家庭を守ることに繋《つな》がる。女子大生の優衣も女教師の香奈子も同じ発想から手淫をしてくれているのだ。そこに姉妹の繋がりが感じられる。

（でも、優衣さんは脱いでくれないけど、香奈子さんは……）

初めて目の当たりにする母親以外の女性の下着姿。それがグラマーな肢体《したい》で有名な女教師、兄嫁の実姉である三十路妻のものであっただけに興奮もひとしおであった。

「あぁん、すごい、オチ×チン、ピクピクしているわよ。エッチなおつゆもいっぱい溢れて、ほら、いいのよ、我慢しないで、出しなさい」

香奈子の右手の動きが速まった。チュッ、クチュッと卑猥な擦過《さっか》音が大きくなる。さらに女教師の左手は張りつめた亀頭にのばされ、鈴口周辺をそっと撫でつけてきた。その瞬間、ビクンッと腰が突きあがり、眼前《がんぜん》が一瞬白く塗り替えられる。

「ンくッ、あぁ、ダメ、そんなことされたら、僕、本当に出ちゃいますよ。はぁ、すっごい、香奈子さんが手を動かすと、オッパイが柔らかそうに揺れてるのが見える」

下着姿で膝立ちになっている女教師。上から見おろすと豊満な胸の深い谷間が丸見えであり、手の動きに合わせて乳肉がふるふると揺れているさまも確認できた。

「もう、どこを見てるのかしら。でも、いいわ、ほら右手を貸して」

亀頭から離された香奈子の左手が幸司の右手を摑んでくる。そしてそのまま下に、ブラジャーに包まれた左乳房へと導かれた。

「か、香奈子さん、いいんですか？」

上ずった声で言いつつ、返事も待たずに下着越しの乳房を揉みはじめていた。ブラジャー生地のごわつきの向こうから、とてつもなく柔らかな感触が伝わってくる。

「す、すごい。これがオッパイ……なんて大きくって柔らかいんだ」

「あんッ、幸司、くンッ。いいのよ、このまま、オッパイに触りながら白いのいっぱい出してちょうだい」

遥奈、優衣の姉だけに顔立ちが整っている香奈子。メガネの奥の目が淫らに潤《うる》みかけていた。生徒指導担当として教え子に接している厳しい教師の顔ではない、艶めいたオンナの顔に背筋がゾクリとし、一気に射精感が押し寄せてきた。

「で、でも、このままだと、香奈子さんの顔に……」

「あら、学校で先生の顔を精液で汚したいの？　いけない子ね」

「あっ、いや、そ、そんなことは……」

初めて見る香奈子の凄艶な微笑みに背筋が震え、睾丸が迫《せ》りあがってくる。痛いほどにいきり立つペニスが何度も跳ねあがり、亀頭がひときわ膨張《ぼうちょう》を遂《と》げた。

「うふっ、大丈夫よ。でも、いまからすること、誰にも言っちゃダメよ」

メガネの奥の瞳がいつしかトロンとしていた。その悩ましい眼差しにさらにゾクッとしていると、人妻が肉厚の唇を開き張りつめた亀頭を咥えこんできた。

「ンほぅ、あぅ、あっ、あぁぁぁぁ……かっ、香奈子、さンッ」

(う、嘘……これって、フェラチオ……僕のが香奈子さんの口に、はぁ、ダメだ、ヌメヌメした舌が絡んで……こんなの我慢できるわけないよ)

硬直を襲うヌメッた口腔内の感触に、性感が一気に揺さぶられた。ビクンッと身体全体が跳ねあがり、初めての愉悦に視界が霞《かす》んでくる。女教師の唇に咥えられた硬直。その煽情《せんじょう》的な光景を見ているだけ卒倒《そっとう》してしまいそうだ。

「ンむっ、うんっ……ヂュッ、クチュッ、チュパッ、ヂュチュッ……」

鼻から艶めいたうめきを漏らしながら香奈子の首が前後に振られていた。そのつど淫猥なチュパ音が奏でられ、いきり立つ肉竿が甘くこすりあげられていく。さらに張りつめた亀頭にはヌメッとした舌が絡みつき、射精を促すように嬲《なぶ》りまわしてくる。

「あぁ、出ちゃう。僕、もう……くッ、ほ、ほんとにこのまま、はぁ、香奈子さんのお口に出してもいいの?」

強烈な快感に射精感が急上昇していく。豊かな乳房を揉んでいた右手と空いていた左手が女教師の両肩を摑み、不安定に揺れ動く身体をなんとか支えていた。愉悦に霞む瞳で香奈子を見おろすと、上目遣いの人妻とバッチリと目が合った。悩ましいオンナの瞳が細められ、さらに首振り速度があがった。

ヂュパッ、グチュッと淫らな粘音がさらに高まり、限界まで張りつめた亀頭がヌメッた舌先で強めの蹂躙《じゅうりん》を加えられた。

「はぁ、ダメ、出る！　僕、もう、ぐッ、はッ、出ッるぅぅぅぅぅッ！」

その瞬間、意識がふっと途切れた感覚に襲われた。激しく腰が痙攣し、膨張を遂げた亀頭が弾け、猛烈な勢いで欲望のエキスが迸《ほとばし》る。

「ンぐっ！　うぅ……コクッ、むぅンッ……コク……ゴクンッ……うぅン……」

「う、嘘……の、飲んでくれてるなんて……あぁ、出ます、僕、まだ……」

香奈子が口内に溜まった白濁液を嚥下《えんげ》してくれている光景に、幸司の腰が激しく震え、さらなる精液を人妻の喉奥に放っていた。

「ンぱぁ、はぁ、あぁ、いっぱい、出たわね。気持ち、よかった？」

「もう最高でした。ゴックンまでしてもらえるなんて、ありがとうございました」

射精の脈動が治まると、悩ましく上気した顔の香奈子がペニスを解放し、艶然と微笑みかけてきた。その艶めかしさにまたしても背筋がぶるりとしてしまう。

「満足してもらえたのならよかったわ。私もあんな濃厚なミルク、ゴックンしたの初めてよ。いい、これからも週に何度かここでしてあげるから、くれぐれも遥奈とは……わかってるわね」

「は、はい、もちろんです。お義姉さんを悲しませるようなことは絶対しません」

香奈子の艶顔と下着に包まれたグラマラスな肢体を見つめ、幸司は大きく頷くのであった。

第二章　愛しい兄嫁の淫靡な献身

1

カシャンッと玄関の電子ロックが解除される高めの金属音が耳に届いたとき、幸司は勉強机に向かっていた。五月も下旬に差しかかった土曜日の夜。二日前の家庭教師の際に優衣から出された宿題に取り組んでいる最中であった。

（お義姉さん、お帰りか――十一時半、もうそんな時間なのか。帰ってくるの、思っていたより遅かったな。それだけ盛りあがったってことかな）

勉強机の上に置かれたデジタル時計で時刻を確認した幸司は、けっこういい時間になっていることに驚き、手に持っていたシャープペンシルをノートの上に転がすと、椅子に座ったまま両手を組み合わせてグーッと大きくのびをした。

遥奈はこの日、実家で催《もよお》された親戚の集まりに出るため昼すぎから外出していた。いっしょに来るかと誘われたのだが、兄もいないのに部外者の自分が参加することにはばかりを覚え遠慮したのである。

カタンッとなにかが床と接触した音が聞こえた直後、今度はゴンッという鈍い、それでいて大きめな音が鼓膜《こまく》を震わせた。

「えっ？」

耳慣れない音に驚き、玄関に様子を見に行くことにする。幸司の部屋はリビングと隣接した五畳の洋間であり、引き戸を開けリビングを通って玄関へと向かった。

「お義姉さん、おかえ……エッ⁉　ちょっ、ちょっと大丈夫」

玄関に通じる廊下に目を向けた瞬間、幸司は慌てて義姉のもとへと駆け寄った。玄関框《かまち》に座りこんだ遥奈は頭を壁に寄りかからせていた。靴は乱雑に脱ぎ捨てられ、ハンドバッグが無造作に置かれている。

「あぁ、幸くん、たらいま」

「お、お帰りなさい。大丈夫、お義姉さん」

呂律《ろれつ》が怪《あや》しくなっている遥奈の横にしゃがみこみ、心配そうにその顔を覗きこむ。

とたんにアルコールの匂いが鼻を衝き、そうとうに酔っていることを窺わせた。

「らいじょうぶ。久々《ひさびさ》に会った親戚のおじさんに付き合ってたら、ちょっと飲みすぎちゃっただけらから。おいしょ」

赤ら顔でトロンッと瞳が蕩けてしまっている義姉はそう言うと、おっくうそうに立ちあがった。だが、足もとがおぼつかないのかバランスを崩しそうになり、幸司は慌てて支えにいった。左手を遥奈の背中側から左腕に回して抱《かか》えこむ。柔らかな肌の温もりにウットリする間もなく、鼻腔をくすぐる酒臭さが強まった。

「本当に大丈夫？　ほら、僕が部屋まで連れていくから、摑まって」

「うん、ありがとう」

こちらに顔を向けにこっと微笑んだ兄嫁に、胸がキュンッと締めつけられた。ただでさえ人目を惹く美貌を誇る遥奈が、いまや酒に呑まれて頰を火照らせ潤んだ瞳をしているのだ。それがドキッとするほどに艶めかしく感じられる。さらに身体が密着したことで義姉のたわわな膨らみが幸司の左脇でひしゃげ、その得《え》も言われぬ感触のよさにパジャマズボンの下でペニスが一気に屹立してしまった。

（マズイ、お義姉さんの大きなオッパイがこんなに……でも、これは不可抗力だよな。あのまま放置なんてできないし、香奈子さんや優衣さんとの約束を破ったことにはな

らないよな）

いっしょに暮らす遥奈によこしまな感情を持たないよう、家庭教師のたびに手淫をしてくれる女子大生の優衣。週に二回は学校の生徒指導室でフェラチオにより欲望を満たしてくれる国語教師の香奈子。幸司は兄嫁の肉体の感触に嬉しさと戸惑いを感じ、頭の中で言い訳を繰り返していた。

夫婦の寝室はリビングに通じる廊下の途中、左手にあった。ゆっくりとそこまで歩き、ドアノブに手をかける。

ドアを手前に引き開けると、右手を室内側の壁に這わせ照明のスイッチを入れた。パッと明かりが灯《とも》った寝室は約七畳の広さであり、ふだんは義姉が一人で使っているため、ふわっと柔らかく甘い香りが漂《ただよ》ってきた。アルコール臭とは真逆の全身がむず痒《がゆ》くなるような芳香にウットリとしてしまう。

「お義姉さん、着いたよ。とりあえずベッドに行こうね」

遥奈に声をかけ、正面に見えているダブルベッドへと歩み寄る。そしてベッドマットの縁に兄嫁を座らせた。

「僕、お水持ってくるから待ってて」

右手でさりげなく勃起の位置を調整した幸司は、上半身を不安定に揺らしている義姉にそう告げ、いったんリビングへと戻った。リビングを入ってすぐ右手にあるキッチン。カップボードからグラスをひとつ取り出すと、冷蔵庫に入れられていたミネラルウォーターを注《そそ》ぎ、寝室へと引き返す。ベッドの縁に所在なさげに座る遥奈は、身体を前後左右に揺らしながらも倒れこんではいなかった。

「お義姉さん、お水だよ」

「ンッ、ありがとう」

遥奈の隣に腰をおろした幸司がグラスを差し出すと、兄嫁は両手でグラスを挟みこむように持ち、ふっくらとした唇にあてがった。ツーッと唇の端からこぼれた水がネイビーのブラウスの胸元にポタリと垂れ、濡れジミを作ってしまう。

「あっ、タオルもいるね。取ってくるから待ってて」

水の入ったグラスを持つ義姉を一人にするのは少し心配であったが、幸司は再び寝室を出た。今回はリビングではなく、廊下を挟んだ反対側にある洗面脱衣所へと足を踏み入れ、収納棚からフェイスタオルを一枚取り出すとトンボ返りする。

「お義姉さん、タオル持ってきたよ」

「ありがとう。でも、いいわ、着替えるから」

タオルを差し出すと、グラスの水を飲み干し少し落ち着いた様子の遥奈が小さく首を振ってきた。いまだに目はトロンとしているが、身体の揺れは小さくなっている。

「わかった。じゃあ、グラスだけもらうね」

兄嫁から空になったグラスを受け取り、部屋を出ようとした。

「あっ、幸くん、着替え、手伝ってほしいからまた戻ってきてね」

「えっ？　あっ、う、うん、わかった」

思わぬ頼みにドキッとしつつ、大急ぎでグラスをキッチンの流しまで運ぶ。

(僕がお義姉さんの着替えを？　さすがに裸は見られないだろうけど、下着姿は確実に……ダメだ、駄目だ、エッチなことを考えちゃ。お義姉さんは僕を信用してくれているから頼んでくれたのに、それを裏切るようなことは絶対にダメだ)

淡い恋心を抱く遥奈の裸に近い姿を想像すると、それだけでペニスが鎌首をもたげてくる。よこしまな感情を振り払うように小さく首を振り、ひとつ息をついてから義姉の待つ寝室へと戻った。兄嫁は先ほどまでと同じ体勢で待っていた。

「ええと、パッ、パジャマは……あぁ、そこか。じゃあ、まずはどうすれば」

心臓が異様に早鐘《はやがね》を鳴らしていた。着替えのパジャマが枕元に置かれているのを見た幸司は、まずはどこから手をつけるべきかとアタフタしてしまう。

「首の後ろのボタン、外して」

「あっ、は、はい」

慌ててベッドにあがり遥奈の真後ろで膝立ちとなった。肩に少しかかるくらいの長さであるミディアムショートの黒髪を、兄嫁が左右に分けてくれる。ほつれ毛の踊るうなじにドキッとしつつ、幸司は小刻みに震える両手で丸襟ブラウスの後ろボタンに手をかけた。ボタンは腰の下まで連《つら》なっているが、どうやら外せるのは上の二つだけで、そのほかはデザインのためのフェイクボタンのようだ。その二つを外す。

「は、外したよ」

「じゃあ、頭から脱がせて」

「わ、わかった」

万歳をした義姉にかすれた声で返すと、ブラウスの裾を両手で摑み、そのまま上に引きあげるようにして脱がせた。美しい背中を横切るブリティッシュグリーンのブラジャーに思わず生唾を飲んでしまう。

(前に回りこんでお義姉さんのオッパイ、見てみたいけどさすがに無理があるよな)

真後ろから正面に移動する正当な理由がないだけに、悔しい思いがしてしまう。

「あっ、お義姉さん、手をあげていてよ。このままパジャマの上、着たほうが」

「まずは下を脱がせて」

「えっ、そっちも僕が……」

「今日は私、もうなにもしたくない気分なの。だから、お願い」

お酒で赤らむ顔を後ろに向けてきた遥奈の艶やかな眼差しに、またしても胸がキュンッと締めつけられてしまった。ドクン、ドクンッと心臓の鼓動が大きくなるのを意識しながら、幸司はライトグレーのマーメイドスカートの留《と》め具を外そうとしてハッとした。腰ゴムタイプらしく留め具がなかったのだ。

「お、お義姉さん、スカート、留め具じゃなくてゴムみたいなんだけど……」

「ああ、そうだったわ。じゃあ、ごめん、一回横になるから、脱がせて」

言うが早いか遥奈が上体を後ろに倒してきた。慌てて場所を空けた直後、義姉はバタンッとあおむけに横たわってしまった。

(す、すごい！　見たかったお義姉さんのオッ、オッパイが……)

幸司の目は兄嫁の双乳に、ブラジャーに守られた膨らみに釘付けとなった。レースで花のレリーフがあしらわれたカップに包まれた乳房は、香奈子ほどではないが充分すぎる豊かさを誇り、少しこぼれ落ちた柔らかそうな乳肉を見ているだけで射精感を覚えるほどだ。

「幸くん、早く脱がせて」

横たわったことで気の緩みが出たのか、遥奈の声はいまにも寝落ちしてしまいそうな心許なさがあった。

「あっ、ご、ごめん、すぐに」

陶然とした思いで見つめていた乳房から視線をそらした幸司は、慌てて床に降り立った。両脚をベッドの外に投げ出す形で横たわっている兄嫁。チラッとその顔を見ると、両目は閉じられ豊かな膨らみが規則的に上下している。

（いまの時期ならこのまま寝ちゃっても風邪は引かないだろうけど、パジャマを着てちゃんと枕に頭を乗せる形で横になったほうがいいよな）

「あの、ス、スカート、脱がせるから、お尻を少し浮かせてもらってもいい？」

小さく唾を飲みこんだ幸司はそう言うとスカートの腰ゴムに手をかけた。指先がかすかに義姉の肌に触れ、それだけでウットリとした気分にさせられてしまう。

「わかったわ。はい」

おっくうそうにしながらも遥奈が少しヒップを浮かせてきた。両手で左右にゴムをのばしつつマーメイドスカートをグイッと引きおろしていく。

あらわとなったパンティもブリティッシュグリーンであり、前面にはブラジャーと同じ花のレリーフがほどこされていた。レースの合間から垣間《かいま》見える漆黒の翳《かげ》りに完全勃起は小刻みな胴震いを起こし、粘度を増した先走りが下着に滲み出していく。

すべてを忘れ凝視してしまいそうな気持ちを抑えつけ、幸司はスカートを足首から完全に抜き去った。これで兄嫁の身体にはくるぶし丈の靴下とブリティッシュグリーンの下着だけだ。

「あぁ、お義姉さん……」

自然と感嘆の呟きがこぼれ落ちていた。

(香奈子さんの下着姿もメチャクチャ、グラマーですごいけど、お義姉さんはそれ以上に魅力的だよ。この前見た水着姿よりずっと素敵だ)

クラスメイトと見物した文化部対抗水泳大会の練習風景。大人の魅力的なボディラインを見事に浮き彫りにした水着姿。あの肢体がより無防備な下着姿として目の前に存在しているのだ。

(パジャマを着せて、こんな横方向じゃなくちゃんと縦に寝てもらわないといけないのに……でも、こんな姿見ちゃったら我慢できなくなっちゃうよ)

優衣に出された宿題に取り組んでいたため、この日はまだ自慰をしていなかった。

そのため早く解放しろと急《せ》かすように強張りが断続的に跳ねあがる。

(お義姉さん、寝ちゃってるっぽいし、いまなら少しくらい身体に触っても……)

チラリと遥奈の顔を窺うと、両目はしっかり閉じられ、半開きとなった唇から寝息が聞こえてきていた。ブラジャーに包まれた豊かな膨らみも呼吸に合わせて上下している。千載一遇《せんざいいちぐう》のチャンス。抑えがたい欲望がムクムクと頭をもたげていた。

「ごめんね、お義姉さん」

小さく謝罪の言葉を口にした幸司は右手を義姉の左太腿へとのばした。見るからにスベスベとしていそうな柔肌。適度な肉づきの腿を撫でつけていく。

「あっ、す、すごい……」

想像以上に肌理《きめ》の細かいなめらかな感触に腰が震え、漲る肉槍が下着の内側で断続的に跳ねあがる。

（ダメだ、もう、我慢できない）

ゴクッと喉を鳴らした幸司はいったん太腿から手を離すと、せわしない感じでパジャマズボンと下着をいっぺんに脱ぎおろした。そのとたん、ムワッと鼻の奥を衝く性臭が立ち昇る。誇らしげに天を衝くペニス。亀頭は早くもパンパンに張りつめ、漏れ出した先走りで卑猥なテカリを放っていた。

（オッパイにも触りたいけど、さすがにそれはリスク高いよな。あっ！　右手で握ると太腿にも触れない。反対に回って左手で右の太腿を触りながらなら……）

太い血管が浮きあがる肉竿を右手に握った幸司は、その漲る血潮《ちしお》の熱さをはっきりと感じながら、横たわる遥奈の右側へと回りこんだ。再び生唾を飲み、左手を右の太腿へとのばしていく。

2

「お義姉さん、あぁ、お義姉さん、気持ちいいよ」

「うッ、う〜ン……」

（んっ？　幸くん？　どうかしたのかしら？　あれ、なんか右腿に感触が……）

義弟のウットリとしたうめき声で遥奈の意識が目覚めつつあった。右腿がずっとなにかと接触している違和感もある。身体全体に怠《だる》さを覚えながら薄目を開けると、自分の右脚の真横に立つ幸司の姿が焦点《しょうてん》を結びはじめた。

（なにしてるのかしら、息が荒い……えっ！　ちょっ、ちょっと、なに、これ……）

次の瞬間、ぼんやりとしていた意識が一気に覚醒した。両目がカッと見開かれる。

だが驚きのあまり声を発することはできなかった。見開いた目の先にあるもの、それは下半身を露出し、いきり立つペニスを握る義弟の姿であった。さらに、幸司の左手が遥奈の右腿を撫でつけていることもわかった。

（えっ、どういうこと？　なんで幸くんがあんなことを……っていうか、これ、どういう状態？）

状況判断がまったくできず、遥奈は完全に固まってしまった。必死になにがあったかを思い出そうとし、親戚の集まりでしたたかに酔ってしまったことに思い至《いた》った。

（帰ってきて、それで……あぁ、そうか、幸くんに着替えを手伝ってもらってスカートを脱がせてもらうためベッドに倒れこみ、そのまま眠ってしまっていたらしい。そして、下着姿の義姉に興奮した幸司の行動がこれなのだろう。

義弟が兄嫁である遥奈に淡い憧れを抱いていることは、そのふだんの態度で察することができていた。だが、幸司が直接的な行動に出たことはなく、ただウットリと見つめてくるだけであったため、遥奈も特段気にしていなかったのだ。

高校教師をし、思春期の少年と毎日触れ合う身にとって、幸司の眼差しはくすぐったくはあるものの慣れた感覚であった。それだけに、初めてできた弟の可愛い反応、その程度の認識でしかなかったのである。

（これは完全に私のミスだわ。年頃の男の子に、私のことを意識している幸くんに無防備すぎる姿を見せちゃったんだから、今日はこのまま気づかぬふりをして……）

どうやら幸司は義姉が起きたことに気づいていないらしい。慈《いつく》しむように左手で太腿を撫でさすり、右手に握る強張りをしごきあげている。

(それにしても、幸くんのがあんなに大きかったなんて……秀一と大差ないか、もしかしたら幸くんのほうが……)

裏筋を見せそそり立つペニス。誇らしげに張り出す亀頭は漏れ出た先走りでテカリを帯《お》びている。意識するとかすかな牡臭が感じられた。久しぶりに嗅ぐ牡の香りに、遥奈の子宮がキュンッとしてしまう。

(ヤダわ、義弟の一人エッチを見てあそこをムズムズさせちゃうなんて)

最後のセックスは二カ月半ほど前の三月中旬。秀一がアメリカに旅立つ前日であった。それだけにオンナの悦《よろこ》びを知る二十代後半の肉体が、久しぶりの快楽を欲し昂《たかぶ》ってきてしまったのだ。

(見ちゃってるからダメなんだわ。目を閉じて幸くんが出ていくのを待つべきね)

目を開けていれば幸司に起きていることを気づかれる心配もある。それもあって遥奈は両目を閉じた。すると、失った視覚を補《おぎな》うように敏感になった聴覚が少年の荒い息遣いとチュッ、クチュッという粘音を拾いあげる。

「あぁ、お義姉さん、太腿だけじゃなく、ほかも触りたいよ。大きなオッパイ、思いきりモミモミしたいし、あそこだって……パンティを脱がしてそれで最後は……」

（あんッ、ダメ、幸くん、そんなこと言わないで。私たちは義理でも姉弟なんだから
そんなこと許されないのよ。秀一を、お兄さんを裏切ること、できないでしょう）

義弟の秘めたる欲望を告げる声に、遥奈は心の中で諭《さと》していた。だが、直接的な言葉に肉体は敏感に反応し、下腹部の疼きが強まっていく。刺激を欲する柔襞の蠢《うごめ》きで圧し出された蜜液が股布を濡らしていくのがわかる。気を抜けば本能が腰を悩ましくくねらせてしまいそうであった。それを懸命に押し止めていく。

「くぅぅ、もう出ちゃいそう……まだ、もっと、お義姉さんのエッチな下着姿を目に焼きつけて、はぁ、スベスベの太腿ももっと触っていたいのに……あぁ、ごめんなさい、優衣さん、香奈子さん、やっぱり僕、お義姉さんのことが一番好きだ」

「ちょっと、幸くん、それはどういうことなの？」

絶頂間近と思われる幸司の予想外の言葉に、遥奈はカッと両目を見開き、ガバッと上体を起こした。

「えっ？　うわぁぁぁ、おっ、お義姉さん⁉　あっ、あの、僕、ご、ごめんなさい」

恍惚《こうこつ》顔でペニスを握っていた義弟が驚きで飛びあがり、そのまま床にへたりこんだ。全身をわなわなと震わせ、上気していた顔が一転、青ざめている。落ち着きなく目が

左右に揺れ動き、口をパクパクとさせているがそれ以上の声は出せなそうだ。先ほどまで勢いよく屹立していたペニスはいまや見る影もなくしぼんでいる。その状況に遥奈はハッと我に返った。いつしか酔いが完全に覚めているのがわかる。

（あっ！　やっちゃったわ。今後、気まずくならないためにも、今日のことは見て見ぬ振りするつもりだったのに……でも、幸くんがあまりに変なことを、姉さんや優衣のことを口走ったからそれでつい……）

兄嫁の肉体に興味を持ってしまった義弟。いけないことと知りつつもそれは黙認《もくにん》するつもりだった。しかし、突如《とつじょ》出てきた姉妹の名前には反応せざるを得なかった。

「幸くん、答えて。香奈子姉さんや優衣といったいなにがあったの？」

茫然自失《ぼうぜんじしつ》の体《てい》の幸司に、遥奈はベッドから腰をあげ義弟の正面にしゃがみこむと、両手で少年の頬を挟みつけまっすぐにその目を見つめた。

「あ、あの、お義姉さん、ごめんなさい。僕、とっ、とんでもないことを……」

「それはいいから、姉さんと優衣について教えて。どうしてあの二人に謝ったの」

ビクッと身体を震わせた幸司がかすれた声で謝罪を口にしてきたのに対し、遥奈はできる限り優しい口調を心がけながら同じ質問を繰り返した。

「あっ、そ、それは……」

再び不安げに視線をそらせた義弟は、それでもポツポツと消え入りそうな声で姉妹との顚末《てんまつ》を話してくれた。それは遥奈にとってかなりショッキングな内容であった。

(優衣のちょっかいは、まあ、行きすぎではあるけど、私の結婚であの子が一番喜んだのって、自分より下の妹弟が、弟ができるってことだったしなぁ……)

三姉妹の末っ子である妹が幸司を弟扱いし、義弟もそれを受け入れてくれていることは、家族を強く意識できることであり喜ばしいことではあった。しかし一方、少年の兄嫁に対する想いにつけこむような悪戯にはヤリすぎ感も拭《ぬぐ》えない。

(それ以上に問題は姉さんよね。幸くんが更衣室に忍びこんで私の下着を盗もうとしていたのも驚きだけど、それを見つけた姉さんの対応は……)

不貞《ふてい》行為を見つけたのが姉でよかったと思う反面、厳しい生徒指導の先生を演じている香奈子のその後の行動は、遥奈の理解をはるかに超えていた。

(もしかしてお義兄《にい》さんと上手《うま》くいってないの？　だから幸くんに手を……)

夫が単身赴任中の遥奈と違い、香奈子は夫の政夫といっしょに生活をしている。姉が生徒に手を出すような奔放《ほんぽう》な性格ではないと思うだけに、夫婦関係になんらかの問題があり、実妹の義弟である幸司に性的な悪戯をするようになったのではないか、そんな考えが浮かんでくる。

（二人に共通するのは私への気持ちを抑えるという名目《めいもく》よね。確かに義弟となにかあったら秀一に顔向けできないけど、幸くんだってそんな無茶なことは……あっ！）

いままさにその無茶なことを義弟が犯したことを思い出し、複雑な思いが湧《わ》きあがってきた。

「本当にごめんなさい。僕、やっぱり実家に戻って、そっちから学校、通うよ」

黙りこんでしまった遥奈に対して、沈黙をおそれるように幸司が口を開いた。その言葉にハッとなり、再び視線を義弟に向ける。

「そのほうがお義姉さんも安心でしょう。こんな変態じみた義弟といっしょじゃ気が休まらないだろうし、香奈子さんや優衣さんもよけいな心配しないですむし」

無理に笑おうとしているのか、少年の顔がいびつに引き攣《つ》った。それがなんとも痛々《いたいた》しく思え、胸が締めつけられる。なにせ遥奈は同居解消など考えてもいなかっただけになおさらだ。

「なにを言っているの、向こうの家に戻ったら通学時間、いまの倍以上でしょう。ダメよ、それは。私は幸くんに出ていってほしいなんて思ってないんだから。それとも幸くんは、義姉の私をひとりぼっちにして、寂しい思い、させたいのかしら？」

「まさか！　僕だって大好きなお義姉さんといっしょがいいけど、でも……」

激しく首を振った義弟が苦しそうに呟いた。そのいまにも泣き出しそうな顔に、遥奈の母性が揺さぶられた。

「いいのよ、今日のことは本当に気にしないでいいの。幸くんくらいの男の子なら当然の反応よ。それに、そこまで想われて私も嬉しいわ」

幸司の耳元で囁くように言った遥奈は、そのまま両手を義弟の背中に回し、ギュッと抱き締めた。ブラジャーに守られた双乳が少年の胸板でひしゃげていく。

「お、お義姉さん……」

幸司の身体がビクッと震え、突然の義姉の行為に戸惑っているような声を発した。

「いいのよ、抱き締め返してくれても」

「あっ、いや、で、でも、そんなことしたら、僕……」

とたんにオロオロした様子を見せはじめた義弟に、遥奈は抱擁《ほうよう》をといた。直後、少年の股間が目に留まり、ハッとなった。完全におとなしくなっていた淫茎がいまや再び天を衝く勢いでそそり立ち、ピク、ピクッと小刻みに跳ねていたのだ。

「すごいのね、幸くん。また、そこ、そんなに……」

(本当にすごいわ。抱き締めてあげただけで、もうこんなに……あんッ、ダメ、幸くんのを見ちゃったからか、私のあそこも、また……)

たくましい勃起に若妻の肉洞も再びの反応を見せはじめていた。子宮に鈍い疼きが襲い、刺激を欲する柔襞が卑猥な蠕動で淫蜜を下着の股布に圧し出していく。

「ごめんなさい、本当に申し訳ありません」

両手で股間を覆い隠し、縮こまるようになった幸司の初心な反応がなんとも可愛く思えてしまう。

「謝る必要ないのよ。それに、そこはもう香奈子姉さんや優衣には何度も見せちゃってるんでしょう。ううん、見せるだけじゃなく、それ以上のことも……」

（そうよ、あの二人は私をダシに幸くんの、私の義弟の硬くなったのを……この子は私のことを想ってくれているのに、それなのに……）

二カ月半以上、遠ざかっている男性器を姉妹が自分をネタにして弄《もてあそ》んだ事実に、複雑な思いがこみあげてくる。

「ごめんなさい。香奈子さんと優衣さんとは今後はもう……ちゃんと断るように」

「それもダメよ。急にそんなことを言い出したら、私となにかあったって怪しまれるわ。あの二人、変なところで勘が鋭いんだから」

（そうね、いまさら姉さんや優衣との関係をやめさせるのは不自然よね。でも、このままだと幸くんを、可愛い義弟を奪われたようで気分が悪いわ。だったら、私も？）

脳裏をよぎった背徳の考えに、遥奈の背筋がゾクリッとした。それは完全に夫を裏切る行為。しかし、その甘美な思案に肉体は敏感な反応を示す。子宮を襲う疼きが増し、大量の淫蜜がパンティクロッチに滴り、湿《しめ》り気が強まったのを実感する。

「で、でも……」

「ねえ、幸くん、あの二人とは最後まではしていないのよね。優衣は手だけ、香奈子姉さんはそれにお口がプラスされているだけで、それ以上のことは」

「うん、してないよ」

真剣な目で見つめ直すと、少年が緊張の面持《おもも》ちで頷き返してきた。

「じゃあ、二人とはそれ以上のことはしないで。その代わり、私が責任を持って最後までちゃんと……」

「えっ！　おねえ、さん？　それって香奈子さん以上のことをお義姉さんが……」

遥奈の提案に、幸司の両目が驚きに見開かれていた。声は上ずり、頬が一気に上気したのがわかる。

（あんッ、言っちゃったわ。絶対に許されないことなのに、私、本気？）

明らかな不貞行為。夫はもちろんのこと、ほかの誰に知られてもいけない背信。だが、口にしたとたん、遥奈の中のオンナが完全に目を覚ましていた。オンナとしての渇《かわ》きを潤《うるお》せと膣襞が激しく蠕動し、受け入れ準備を完璧に整えてしまう。

「私が相手じゃ、イヤ？」

「ま、まさか、そんな……さッ、最高の提案だけど兄さんのことを考えると……」

気後《きおく》れを示すように幸司の目が不安そうに左右に揺れた。

「それは私も同じよ。義弟に手を出すなんて秀一に顔向けできないわ。でもね、恥ずかしいけど、私だってエッチな気分になることが……だから、こう考えて。私が浮気しないように幸くんがお義姉ちゃんを満足させて、家庭を、家族を守るのよ」

(卑怯《ひきょう》な言い草だわ。姉さんや優衣への対抗心と、私自身のエッチな気持ちへのごまかしね。それにしても人生初の浮気相手が幸くん、義弟になるなんて……ごめん、秀一、私、幸くんと、あなたの弟とエッチするわ)

屁理屈にもなっていない、とんでもないこじつけ。義弟の心を軽くしてやる意味もあるとはいえ、こんな言い訳が口をつくとは自分でも驚きだ。

「兄さんの家庭を守る、そのお手伝いとしてお義姉さんと……ゴクッ」

「協力してくれる？」

「もちろんだよ。僕、お義姉さんのためならなんだって……あっ、ありがとう、お義姉さん。気を遣わせちゃって、ごめん。でも、ぼ、僕、すっごく嬉しいよ」

恍惚顔となった義弟がはにかむように微笑んだ。その初心な反応に愛おしさを覚えた遥奈は、再び両手で幸司の頬を挟みつけるとチュッとキスをした。

「ハッ！　おっ、お義姉さん……」

「もしかして、キス、初めてだった？　ごめんね、私じゃイヤだったかな？」

ビックリしたような顔で唇に触れている少年に問いかける。

「ううん、お義姉さんでよかった。だって僕、兄さんには悪いけど、一昨年初めて紹介されたときからずっとお義姉さんのこと、ンッ！」

頬を赤らめ早口で義姉への想いを告白してくる幸司が可愛く、言葉の途中で再度、唇を奪っていた。トロンッと目を潤ませた義弟の右手が左乳房へと被せられ、ブラジャー越しに膨らみをやんわりと揉みこまれた。久々の異性の手の感触に、腰がぶるりと震え、新たな淫蜜がクロッチに新たなシミを作りあげていく。

「ンむっ、うんっ……あぁ、幸、くん……」

「あっ、ご、ごめん、お義姉さん。ぼ、僕、勝手にオッパイを……」

「うふっ、いいのよ。ずっと触りたかったのよね、私の胸。でも、どうせなら直接、触ってちょうだい」

抑圧されていた淫欲の盛りあがりを意識しつつ、遥奈は両手を背中に這わせブラジャーのホックを外した。陶然とした眼差しの義弟を見つめながら、ゆっくりとストラップを肩から抜いていく。

「す、すっごい……お義姉さんのオッパイ、本当に大きい……」

ユサユサと揺れながらあらわとなった釣り鐘状の双乳に、幸司の目がいっそう蕩けた。重力に逆らうように突き出したトップバスト九十三センチ、Fカップの膨らみ。ベージュピンクの乳暈《にゆううん》の中心に鎮座《ちんざ》する濃いピンクの乳首が、すでにぷっくりと充血しかけている。

「香奈子姉さんよりは小さいけど、優衣よりは大きいはずよ。さあ、手をここに、自由に揉んでくれていいのよ」

少年の右手を摑み左乳房に導いた遥奈は、その耳元で甘く囁きかけた。

「あぁ、お義姉さんのオッパイ、気持ちいいよ。こんなに大きくて柔らかいのに、弾力もこんなに……本当にずっと、ずっと触《こ》りたかったんだ」

ウットリと囁きながら幸司が左乳房を捏ねまわしてくる。乳肉を弄ばれているだけで、けっして上手な愛撫とは言えなかった。しかし、甘く染みこんでくるような愉悦は確かにあり、人妻の唇からは甘いうめきがこぼれ落ちていく。

「いいわ、好きに揉んで。だって、私のオッパイはいま幸くんのモノなんだから。だから、好きにしていいのよ」

「お義姉さん……僕の、遥奈義姉さん……チュパッ」

「はンッ！　いいわ、吸って。義姉さんのお乳、もっと幸くんのモノにして」

蕩けた表情の義弟が右手で左乳房を揉みあげつつ、顔を右乳房に近づけ、硬化しかけの乳頭をパクンッと咥えこんできた。刹那《せつな》、背筋に快感のさざなみが駆けあがり甘い喘《あえ》ぎがこぼれ落ちていく。

「チュッ、チュパッ……あぁ、美味しいよ、お義姉さんのオッパイ、すっごく甘くていい匂いがして、ほんと大好きだ。それに、ここ、少し硬くなってきてる。お義姉さんも感じてくれてるんだね。チュパッ、チュチュ……」

「いいわ、上手よ、幸くん。優しく吸われると、私も……ウンッ、私も幸くんを気持ちよくしてあげるわね」

敏感な乳首の一方をしゃぶられ、もう一方は指先で摘《つ》まみあげられた遥奈は、悩ましく腰を左右に振りながら右手を義弟の股間へとのばした。張りつめた亀頭を天に向けるたくましい肉槍。血管を浮きあがらせる肉竿の中ほどをやんわりと握りこんだ。とたんに指腹を焼くほどの熱さと、圧倒的な存在感がありありと伝わってきた。

「ンくッ、あっ、あぅ、おっ、おねえ、さンッ、あぁ、ダメ、そんな急に……」

「硬いわ、こんなにカチンカチンなオチ×チン、私、初めてよ。それにとっても熱くて、私まで変な気分になってきちゃう」

(本当にすごい。こんなガチガチなのを触るのほんとに初めて。これが高校生の、思春期の男の子なのね。あぁ、ほんとにダメ、あそこのムズムズがさらに……)

二カ月半ぶりに触れる勃起に遥奈の性感が一気に昂ってしまった。大量の淫蜜がジュワッと股布に溢れ、少しでも快感を得ようと太腿同士を小さくこすり合わせていく。よじれたクロッチのかすかな刺激にさえ腰が震え、甘い吐息がこぼれ落ちる。

「お、お義姉さん、ごめん、僕、本当に、うぅぅ、出ちゃうよ」

「いいのよ、出して。大丈夫、これ一回で終わりになんてしないわ。ううん、これで終わったら私が許さないんだから」

(私、いま、すっごいエッチになってる。この硬いので膣中、こすってもらいたくてウズウズしちゃってる。ほんとにごめんなさい、秀一)

右手を上下に動かすたびに漏れ出した先走りが指腹に絡み、ヂュッ、クチュッと淫らな摩擦音を奏でる。その血液漲るペニスのたくましさと、かすかに鼻腔をくすぐる牡の性臭に人妻の蜜壺のざわめきが大きくなっていた。

「僕だって一回だけなんてイヤだ。くぅぅ、大好きなお義姉さんと何回も、いっぱいエッチしたいよぅ」

「あぁん、させてあげるわ。何度でも、幸くんが満足するまで、だから、いいのよ」

必死に射精感と戦っているのか快感に顔をゆがめる幸司に艶然と微笑みかけ、遥奈は右手の動きを加速させた。粘つく淫音が大きくなり、肉竿が小刻みに跳ねあがりながら濃厚な先走りを滲ませてくる。

「あぁ、出ちゃうよ。お義姉さんの手で、僕、もう……あッ、あぁぁぁぁぁッ!」

義弟が左乳房をギュッと鷲掴みにしてきた直後、右手に握る強張りに激しい脈動が襲った。ドビュッと迸り出た白濁液が、遥奈の鳩尾《みぞおち》付近から腹部にかけてをベッチョリと汚してくる。

「あんッ、すっごい、熱いのがお腹に……いいのよ、もっと、溜まっているもの全部、出してちょうだい」

同時に立ち昇った濃密な牡臭に頭をクラリとさせられながら、人妻は射精痙攣をつづける肉竿をしごきつづけた。

3

「はぁ、はあ、あぁ、ごめん、お義姉さん。お義姉さんの身体に僕……」

「うふっ、いいのよ、そんなこと気にしないで。気持ちよかった？」

「うん、もう最高によかったよ」

射精後の脱力感に心地よく身を委ねる幸司は、先ほど持ってきたタオルで腹部に飛び散った精液を拭っている遥奈を陶然とした目で見つめた。

（本当にとんでもなく気持ちよかった。刺激の強さなら香奈子さんがしてくれるフェラチオのほうが強烈だけど、大好きなお義姉さんの大きな生オッパイに触りながら手でしてもらうのもそれに負けないくらい……）

手のひらにはしっとりとした乳肉の感触がありありと残っていた。柔らかくそれでいて弾力も強い膨らみ。単純な大きさは遥奈も言うように香奈子に軍配《ぐんばい》があがる。しかし、ブラジャーも外し直接触らせてくれた兄嫁の乳房はやはり格別であった。

「そう、それはよかったわ」

悩ましく上気した顔に優しい微笑みを浮かべる義姉に、恍惚感が増していく。

（それに、お義姉さんのオッパイ、吸わせてももらっちゃったからな。まだあの甘い匂いと、コリッとした乳首の感触、唇に残ってるよ）

チラリと視線を義姉の双乳に向ければ、そこには惜しげもなくさらされたたわわな二つの肉房があった。そして、その右乳首周辺はいまだ幸司がしゃぶった際についた唾液がうっすらと残り、左乳首にはない光沢《こうたく》を放っている。その光景に、射精直後のペニスが再び力を取り戻してしまった。

「もう、幸くんったらどこを見てるの？　あんッ、またそこ、そんなに大きくしちゃって、いけない義弟なんだから」

ペニスを見た遥奈の瞳が悩ましく細められた。その常にはない艶やかな眼差しに、背筋がゾクリとしてしまう。

（お義姉さんのこんな色っぽい顔、初めてだ。兄さんの前ではいつもこんな表情を……ごめん、兄さん。でも、お義姉さんは今日は僕だけのモノだからね）

「お、お義姉さん、僕も、お義姉さんのあそこ、ゴクッ、さっ、触りたいよ」

弟を自宅に住まわせてくれた兄に対する後ろめたさを消すことはできない。しかしそれ以上に、トップレスの兄嫁の魅力には抗《あらが》えなかった。

「ふふっ、幸くんは私が思っていたよりずっとエッチな男の子だったのね。でも今日は私、まだシャワーも浴びてないから……」

「そんなのかまわないよ。大好きなお義姉さんの全部がいますぐ欲しいんだ」

戸惑いと恥じらいを見せる兄嫁に、幸司は欲望のままを口にしていた。

「あぁん、幸くんったら……もう、私をこんな気持ちにさせるなんて、ほんとイケない子ね。いいわ、触らせて、ううん、どうせなら舐め合いっこ、しようか」

「うん、絶対にそっちがいい！　ぜ、是非、僕にお義姉さんのあそこを……」

思わぬ提案に幸司は大きな声で返事をした。美しい義姉の秘唇を舐めることを想像すると、それだけでペニスは二度目の精を打ちあげんと胴震いを起こした。

「そんな大きな声出さないで。じゃあ、幸くんがまずはベッドにあがって。そうしたらそのあとから私が……ねッ」

「は、はヒぃ」

裏返りそうな声で返事をした幸司は立ちあがり、パジャマの上衣を脱ぎ捨て全裸となった。下腹部に張りつきそうな勢いのペニスを重たげに揺らしつつ掛け布団を床に落とし、夫婦のダブルベッドに横たわる。

ウットリとした眼差しを遥奈に向けると、義姉はすでに立ちあがっていた。両手をパンティの縁にあてがい、一瞬の逡巡《しゅんじゅん》を見せつつもヒップを左右に振り薄布を脱ぎおろしていく。釣り鐘状の豊乳がユサユサと悩ましく揺れ動き、その光景だけで強張りが断続的に跳ねあがり新たな先走りが滲み出す。幸司が陶然と乳房を見つめている間に兄嫁は完全にパンティを脱ぎ去り、次いでソックスも脱いで全裸となった。

「あぁ、お義姉さんの裸、ほんと綺麗だ……僕、いまだに信じられないよ」

非常に整った顔はいまや艶やかに上気している。華奢《きゃしゃ》な肩、美しく浮きあがった鎖骨、そして誇らしげに突き出した釣り鐘状の双乳。細く、深く括れた腰回り。その下方にはふんわりと盛りあがったデルタ形のヘアが見えた。初めて生で目にする女性の陰毛に、幸司の喉が大きな音を立ててしまう。

「そんなじっくり見られると恥ずかしいわ」

悩ましく腰をくねらせた義姉が、頬をさらに赤らめベッドへとあがってくる。女子大生の優衣と同じように、スラリと長く形のいい脚。足首はキュッと引き締まり、ふくらはぎのなめらかな曲線は芸術的なまでに美しい。そして、太腿は香奈子ほどのムチムチ感はないものの適度な肉づき加減であった。

「おっ、お義姉さん、僕、またすぐに……」

「あんッ、ダメよ、自分で触っちゃ」

無意識のうちに右手をペニスへとのばし漲る肉槍をこすりはじめていた幸司に、遥奈がやんわりと注意してくる。その直後、義弟の足先を向く形でついに義姉が顔をまたいできた。見あげた先に薄褐色《かっしょく》の秘唇が飛びこんでくる。

「おっ、お義姉さんのあそこが、はぁ、ほんと夢みたいだ。まさか本当に遥奈お義姉さんのオマ×コ、見ることができるなんて……」

「そんないやらしい言葉、使わないで。こんなこと本当は許されないんだから」

切なそうに腰をくねらせ、遥奈がゆっくりとヒップを落としてきた。徐々に淫裂が近づくと、かすかに口を開けた控えめなスリット周辺がネットリと濡れているのがわかる。さらに、ツンッと甘酸っぱい牝臭のシャワーが鼻腔の奥を刺激してきた。

「お、お義姉さん、もしかして、濡れてる？」

ウットリとした呟きを漏らした幸司の両手が遥奈の太腿に這わされた。もっちりスベスベの腿肌を愛おしげにさすりあげ、そのまま深く括れた腰を摑んでいく。そのときには禁断の女穴が目と鼻の先の距離まで近づいていた。

「イヤ、そんなこと言わないで。すっごく恥ずかしいんだから。それに、幸くんだって私のこと言えないでしょう。こんなにビンビンにしちゃってるんだから」

蹲踞《そんきょ》の姿勢から両膝をベッドについた兄嫁が上体を前方に、幸司のペニス方向へと倒してくる。左手をベッドにつき、右手はなんの前触れもなく持ち主の顎先に照準を合わせていた強張りを摑んできた。

「ンはっ、あぁ、おっ、おねえ、さん……」

いきなりの刺激に幸司の腰が跳ねあがり、眼窩《がんか》に愉悦の瞬《また》きが襲う。

「硬いわ。さっき、あんなにいっぱい出したのに、まだ、こんなに……ほんと幸くんはイケない義弟なんだから」

シュッシュッと甘い手淫を見舞ってくる遥奈にさらに腰がくねってしまう。直後、腹部に豊乳がひしゃげる感触が伝わり、張りつめた亀頭が生温かな粘膜に包まれた。

「くほぅ、あぅ、あッ、あぁぁぁぁ、お、おねぇ、さン！」

（これって、咥えられてる！　お姉さんの口に、ぼっ、僕のがすっぽりと……）

香奈子の肉厚な唇で経験済みのフェラチオ。しかし、今回してくれているのは憧れの兄嫁なのだ。その事実だけで硬直が小刻みに震え、早くも二回目の発射準備を整えた欲望のエキスが陰嚢内でとぐろ巻いている。

ヂュッ、ヂュポッ、グチュッ……。遥奈の首が上下に振られるたびに、淫猥なチュパ音が起こり、柔らかな唇で肉竿がしごきあげられていく。

「おっ、お義姉さん……くぅぅ、すっごい、まさか本当にお義姉さんが口で……僕も舐めるよ。お義姉さんのこのエッチなオマ×コ、僕も……ヂュチュ……」

快楽中枢《ちゅうすう》を揺さぶる悦楽に身を委ねる幸司は、牝の媚臭の中にかすかなアンモニア臭を感じながら魅惑のスリットに舌を這わせた。

(こ、これがお義姉さんのあそこの味……あぁ、すごいよ。僕、本当にお義姉さんの、兄さんの奥さんのあそこ、舐めちゃってる。ごめん、兄さん)

まず感じられたのが鼻の奥に突き刺さるビネガー臭であった。一瞬「うっ!」となりかけたものの直後には少し濃厚なチーズの旨味が舌を襲い、そのチーズ風味の奥からは甘みすら漂ってくる。

その複雑に絡み合い変化する淫蜜の味わいに、幸司はあっという間に魅《み》せられ、兄に対する後ろめたさが一気に後退していった。ヂュッ、チュパッといやらしい音を立てながら、一心に美人義姉の淫唇を舐めまわしていく。

「ンむっ、こ、幸、くンッ……はぁン、ほんとに舐められてるのね、私、義弟にあそこを……」

「ぱぁ、お義姉さんのエッチなジュース、とっても美味しいよ。僕、いつまでだって舐めていられるよ。ペロ……チュッ、ヂュチュ……」

ヒップをピクッと震わせた兄嫁がペニスを解放し、甘いうめきを漏らしてきたのに対し、幸司もいったんクンニを中断すると素直な感想を返した。直後、すぐに淫裂に唇を密着させ、至高《しこう》の甘露《かんろ》をすすりあげていく。

（お義姉さんのエッチ汁、匂いも味も初めてなのに、ずっと前から慣れ親しんだ感じもしてクセになっちゃうよ）

括れた腰からパンッと張った双臀に両手をおろした幸司は、そのボリュームある尻肉を撫でまわしながら尖《とが》らせた舌先をグイッと突き出した。すると、かすかに綻《ほころ》んでいた肉弁内にズブッと入りこんだ。

「はンッ！　ダメよ、そんないきなり舌、入れちゃ、だっメェエエ……」

その瞬間、遥奈の腰が小刻みな痙攣を起こした。同時に肉洞内から大量の蜜液が溢れ出し、口腔内に流れこんでくる。さらに、兄嫁の右手が快感を伝えるようにペニスの根元をギュッと握りこんできた。

「ンむっ、うぅ……コクッ……ヂュルッ、ぢゅっ、ジュチュぅぅぅぅ……」

強張りを襲う愉悦と、いきなり入りこんできた淫蜜に両目を見開いた幸司は、少しむせそうになりながらも愛汁を嚥下すると、突き入れた舌を不器用に動かしさらなる刺激を送りこんだ。

「はぁン、幸くん、それ以上は本当に……ウンッ、ヂュポッ、ヂュッ、クチュ……」

ヒップを悩ましく揺らす義姉の甘いうめきが亀頭に吹きかけられた直後、ヌメッとした口内に再び硬直が咥えこまれた。間髪を入れずに首振りも開始され、乱暴とも思える激しさで肉竿がこすりあげられ、生温かな舌先で亀頭が嬲られていく。

「ンはぅ、あっ、あぁ、お、お義姉さん、ぐっ、激しすぎるよ。そんな思いきりしごかれたら、はぁ、また出ちゃうよぅ……」

脳天を突き抜ける鋭い快感に、幸司はたまらず淫唇から唇を離した。突きあがる愉悦を伝えるように、両手の指が張りのある尻肉に食いこんでいく。

「ンぱぁん、はぁ……ダメよ、まだ出しちゃ。私のこともちゃんと気持ちよくしてくれなきゃイヤよ。それに、そんなお尻をギュッとされたら痛いわ」

ヒップを大きくくねらせた遥奈がペニスを解放すると上半身を起こし、腰を浮かせてきた。たっぷりと蜜液で潤った淫裂が遠ざかっていく。絶頂間近であった強張りが最後まで面倒を見てとせがむように断続的な痙攣を起こし、抗議の意を示す。

「あっ、ご、ごめん、お義姉さん。でも、僕、本当にもう限界で」

「しかたないわね。じゃあ、約束どおり、最後までしちゃおうか」

唇の周りを兄嫁の秘蜜で濡らす幸司が切なそうな顔をすると、こちらに身体の正面を向けたたわわな双乳を見せつける義姉が、少しはにかみながら腰にまたがり直してきた。そのまま膝をつき右手で再び肉槍を握りこんでくる。

「くはッ、お、お義姉さん……い、いよいよ、僕……あっ、でも、あのゴ、ゴムとかしないといけないんじゃ」

憧れの兄嫁との初体験が迫り、興奮と緊張で心臓が一気に鼓動を速める。だが同時に避妊のことが脳裏をよぎり、戸惑いの表情となってしまった。そもそも幸司自身にコンドームの用意などないためなおさらだ。

「ありがとう、でも、いまは大丈夫なときだから平気よ。それに、初めてなんだもん、私の膣中を直接感じて、気持ちよくなって」

「あぁ、ありがとう、お義姉さん」

ふっと優しい表情となった義姉の微笑みに胸が温かくなる。緊張が少しほどけた感じとなり、両手が自然と釣り鐘状の膨らみへとのびていく。

「あんッ、ほんとオッパイ、好きなのね。いいわよ、今夜は私の身体、全部、幸くんのモノだからね。いっしょにいっぱい気持ちよくなりましょう」

艶然と微笑んだ遥奈はそう言うと、挿入しやすくするためだろう、ペニスを垂直に起こしてきた。そしてゆっくりと腰を落としこんでくる。

「ほ、ほんとに僕のがもうすぐお義姉さんのあそこに……ゴクッ」

「そうよ、幸くんは私で、お義姉ちゃんの身体で大人になるのよ」

甘い囁きが鼓膜を震わせた直後、張りつめた亀頭が濡れたスリットと接触し、チュッと小さな蜜音が起こった。

「あっ、お、おねえ、さん……」

「すぐよ、本当にもうすぐだから、もう少しだけ、我慢して」

初めて触れた女肉の生々《なまなま》しいヌメリに身体を震わせた幸司が不安そうな顔をすると、遥奈が安心させるように頷き返してくれた。そして膣口を探るように腰を小さく前後に揺らしてくる。敏感な亀頭がこすられさらに射精感の接近を覚える。

（くッ、が、我慢だ。もうすぐ、僕のがお義姉さんのあの綺麗なあそこに……）

挿入の瞬間を見逃すまいと、幸司は卑猥にテカる薄褐色の淫裂にこすられるペニスを凝視していた。ンヂュッと粘つく音を立て亀頭先端が義姉の胎内に入りこむ。

「はっ、入ってる！　僕の先っぽが、お、お義姉さんのあそこに……」

「イクわよ、これから幸くんの全部を迎え入れてあげるからしっかり見ているのよ」

上ずった声をあげた幸司に、やはりかすれ気味の声で返してきた義姉の腰が次の瞬間、一気に落とされた。グヂュッとくぐもった音を残しいきり立つ肉竿が美人妻の肉洞に呑みこまれていく。

「くはぅ、あッ、あぁぁぁ、す、すっごい……う、ウネウネが一気に……はぁ、こんなの保《も》たないよ」

脳天を突き抜ける鋭すぎる快感。あまりの愉悦に脳が激しく揺さぶられ、意識が飛びそうになった。それほどまでに遥奈の蜜壺は刺激的だった。膣道自体が狭いのか締めつけは強烈であり、複雑に入り組んだ細かな膣襞が四方八方からペニスに絡みつき、絞りあげるような蠕動を見せつけてくる。


「あぁん、入ってる、幸くんの硬いのが本当に……うンッ、すっごい、私の膣中、思いきり広げられちゃってるの」

(はぁン、秀一、本当にごめんなさい。私、あなたの弟と、高校生の幸くんと最後まで……でも、幸くんのすっごく硬くて、熱くて、私……)

二カ月半ぶりに味わうペニス。それは義弟の禁断の強張りであった。夫以外の淫茎を迎え入れてしまった背徳。だが、膣襞に感じる猛々《たけだけ》しい牡の肉槍に人妻のオンナが確実に揺さぶられ、さらなる刺激を欲していた。そのため幸司の硬直をもっと味わおうとするように、自然と腰が上下に動いていく。

「ンくッ、はぁ、お、お義姉さん、そんな腰、動かされたら僕、本当にすぐ……」

遥奈の双乳に両手を被せた義弟が、快楽にゆがんだ顔を左右に振ってくる。

「いいのよ、出して。初めてなんだもの、もう我慢の必要、なにもないのよ」

「で、でも、僕、くッ、もっとずっとお義姉さんと繋がってたいよ。だから、まだ、出したくない」

小さな子供がイヤイヤをするように顔を左右に振り、訴えかける眼差しを向けてきた幸司に胸の奥がキュンッとし、母性が鷲掴みにされてしまった。

「バカね、さっきから言ってるでしょう。今夜の私は幸くんのモノだって。だから何度でも、幸くんが満足するまでお相手してあげるわ」

腰の動きを止めた遥奈は、そう言うと上半身を前方に倒した。両手を幸司の顔の横につくと、義弟の両手が乳房から自然と義姉の背中へと回される。潤んだ瞳で見つめてくる少年に優しい気持ちになりながら、人妻はチュッと唇を奪った。

すると、幸司の両目が見開かれ肉洞内の強張りがビクンッと震えた。さらに張り出しを強めた亀頭に柳眉《りゅうび》をゆがめた遥奈は、艶然と微笑み再び身体を起こした。

「いっぱい気持ちよくなって」

囁くように言うと、再び腰を振りはじめた。ヂュチュッ、クチュ……と禁断の性交音が奏でられ、たくましい肉槍で膣襞がこすられていく。

「うッ、はぁ、お義姉さん……」

「はぁン、いいわ、幸くんの硬いのとっても素敵よ。さあ、あなたも動いて。私のことも気持ちよくして」

(あぁん、私、本当にエッチになってる。こんなおねだり、秀一にだってしたことないのに、これが初めてのエッチの幸くん相手に私……)

幸司に対する母性とオンナとして満たされたい淫性、その二つが混ざり合い夫との性交とはまったく違う興奮をもたらしていた。

「うん、僕、お義姉さんにも気持ちよくなってもらえるように頑張るよ」

愉悦に蕩けた顔で頷いた少年が、ぎこちなく下から腰を繰り出しながら再び両手をたわわな膨らみへとのばしてきた。

「あんッ、いい、ズンズンされながら優しくオッパイ揉まれるの好きよ」

自分の意思とは違うタイミングで柔襞をこすられる快感と、慈しむように乳肉が捏ねられる甘い悦楽。二種の悦びが襲い、肉洞も敏感に反応してしまう。

「ンはっ、あぁ、す、すっごい、オッパイ触るとお義姉さんのあそこがさらに締まってきてる。はぁ、本当に気持ちいいよ。お義姉さんのオッパイ、大きくて柔らかいだけはじゃなくって、こんなに指を押し返してくる」

「もっとよ、もっと幸くんのしたいように、はンッ！」

その瞬間、遥奈の顎がクンッと上を向いた。両乳房を捏ねまわしていた指が、なんの前触れもなく乳首を摘まんできたのだ。すっかり硬化していたポッチをクニクニッと弄ばれると、キンッと鋭い淫悦が脳を襲い、全身が大きく震えてしまった。

「あっ、ダメ、そんなにオマ×コ、締められたら、僕のが潰れちゃうよ」

「あぁん、そんなエッチな言葉、使ってはダメよ。うンッ、それにこれは幸くんがいけない悪戯するから」

「だって、お義姉さんが好きにしていいって言うから……はぁ、本当に気持ちよすぎて僕、もう……」

乳首単体から肉房全体への愛撫へと戻した幸司が、かすれた声で反論してきた。

「ええ、好きにしていいのよ。オッパイもここも、いまは全部、幸くんのモノよ」

凄艶な笑みを送り、遥奈は腰の動きを速めた。ヂュチョッ、グチュッと背徳の相姦音を奏でながら、人妻の肉洞が男子高校生の強張りでしごきあげられる。鋭利《えいり》な快感が断続的に背筋を駆けあがり、快楽中枢を揺さぶってきていた。

(いいわ、本当はイケないのに、義弟のオチ×チンで気持ちよくなるなんて許されないのに、でも幸くんの、こすってほしいところにいい感じで当たってきてる。あぁ、ごめんなさい、秀一。私、幸くんで、可愛い義弟とのエッチでイッちゃうかも)

「あぁん、本当にいいわ、幸くんの、うンッ、ほんとにたくましくて、素敵よ」

「あぁ、出ちゃう……本当にもう、限界、キちゃうよぅ」

豊乳を優しく揉みしだく幸司の顔が、射精感に耐えているのか切なそうにゆがんだ。しかし、男としての本能か、不器用な動きで腰を何度も突きあげてきてもいた。

「いいのよ、出して。私の子宮を幸くんのミルクでいっぱいにして」

(ヤダわ、私ったらこんなことまで……でも、もう止まらなくなってる)

久々の快楽にこのまま絶頂まで圧しあげられたいと願うオンナの本能が、夫への罪悪感を押し出していった。キュキュッと肉洞全体が締まりを強め、幸司の精を搾《しぼ》り取らんと絞りあげていく。

「おぉぉ、お義姉さん！　遥奈、おねぇ、さンッ……」

ビクンッと膣内のペニスが跳ねあがった。亀頭がいちだんと膨張し絡みつく膣襞を圧しやろうとしてくる。さらに義弟は腰をメチャクチャに振り立て、遥奈は出来損ないのロデオマシンに乗せられているかのようであった。柔襞を襲う不規則で予測不能な動きが人妻の快感を増幅《ぞうふく》していく。

「あんッ、幸くん、激しい、あぁ、うんっ、すっごい、当たってる、膣奥に、子宮に幸くんのが、あっ、うぅン……」

悦楽の高まりに子宮が欲望のエキスを求めさがってきていた。その入口に張りつめた亀頭先端がコツンッとぶつかってくる。少年が腰を突きあげるたびに襲う激烈な快感に、遥奈の快楽中枢が激しく揺さぶられ、眼前が一瞬、真っ白に塗り替えられた。

「出る！　僕、本当にお義姉さんの膣奥に、でッ、出ッるぅぅぅぅぅぅぅッ！」

幸司の両手の指が弾力ある豊乳に食いこんでくる。鷲掴みにされた痛みに遥奈の眉《み》間《けん》に皺が寄った直後、義弟の腰がひときわ激しく突きあげられ、子宮口に亀頭が押しつけられた。刹那、勢いよく迸り出た白濁液が膣内を満たしてくる。

「はンッ、来てる！　熱いのが膣中に、あぁん、イッちゃう！　お義姉ちゃんも幸くんのミルクで……イッ、イッくぅ〜〜〜〜〜ンッ！」

背中が弓なりに反り返り、顔が完全に天井を向いていた。ビクン、ビクンッと全身に絶頂痙《し》攣《かん》が走り抜ける。久しぶりに味わう頭が空っぽになるほどの快感に、肉洞が一瞬弛緩したもののすぐさま柔襞が蠕動を再開し、禁断の精液を搾りあげていく。

「ンほぅ、締まる、お義姉さんのウネウネで、くぅぅ、搾られちゃってる」

「いいのよ、出して。幸くんのミルクは私が全部、お義姉ちゃんの子宮が受け止めてあげるわ」

悩ましく上気し蕩けた瞳で義弟を見つめた遥奈は、小刻みに腰を震わせ絶頂の余韻《よいん》に浸りながら幸司に向かって上体を倒していった。すると断続的に硬直を震わせ膣内射精をつづける少年が、再び乳房から背中に手を這わせてきた。ユサユサ揺れる豊乳が胸板に押し潰れる感覚に背筋をゾクッとするなか、優しく抱き留められた。

「あぁ、お義姉さん、すごかった。こんなにいっぱい出たの初めてかも。はぁ、ありがとう。本当に大好きだよ」

「私もよ、私もこんな気持ちのいいエッチ、本当に久しぶりだったわ。ありがとう、幸くん。うふっ、私も大好きよ……チュッ」

(本当にすごかったわ。私、まだ腰に力、入らないかも……いくら久しぶりだったからって、初体験の幸くん相手にこんなになるなんて……)

恍惚顔で囁く幸司に艶然と微笑み返すと、積極的に唇を重ねていった。すると肉洞内のペニスがピクッと跳ね、射精を終えたばかりの淫茎が力を取り戻していく。

「あんッ、すっごい、いま出したばっかりなのに、また……」

(二回もつづけて出したのに、すぐにこんな……高校生の男の子ってすっごい)

「だって、お義姉さんの身体、本当に気持ちいいんだもん。ねえ、もう一回いい？」

「ええ、いいわ、一回でも二回でも。でも、ごめんなさい、私、まだ腰に力が入らないの。だからこのまま、抱き締めたままコロンって半回転してくれる。そうすれば、あとは幸くんの好きなだけ……ねッ」

「うん、わかった。ありがとう、お義姉さん」

思春期少年の性欲の強さに圧倒されながら囁くと、幸司は素直に頷きゴロンッとベッドの上を半回転した。完全に形勢逆転。義弟に組み敷かれる体勢となる。

「あんッ、幸くん、本当に素敵よ」

蜜壺に埋まる肉槍が完全勃起を取り戻し、早速うねる膣襞を圧しやってくる。その刺激に、いまだ絶頂の余韻を引きずる人妻の性感が揺さぶられた。

「あぁ、お義姉さん。僕の、僕だけの遥奈お義姉さん……」

ウットリと呟き、幸司が腰を振りはじめた。膣内に溜まる精液と愛液が混ざり合い、卑猥な粘つき音を奏であげる。たくましいペニスで肉洞を抉《えぐ》られると、ゾクゾクッとした喜悦《きえつ》の痺《しび》れが背筋を駆けあがった。

「あんッ、いいわ、幸くん、好きにして。私の弟は世界中で幸くんだけなんだから、うんっ、お姉ちゃんのこと独《ひと》り占《じ》めしていいのよ」

「おぉぉ、お義姉さん！」

（秀一、本当にごめんなさい。私、幸くんとの関係、二度と元には、兄嫁と義弟には戻れなくなっちゃいそう）

今夜一晩では終わらないかもしれない。そんな予感を覚えた遥奈は、懸命に腰を振る義弟の背中に両手を回し、愛情を伝えるように抱き締めていくのであった。

第三章　女子大生の秘蜜のご褒美

1

「なにも優衣まで家に泊まることないでしょう」

「いいじゃない、別に。今日はもともと幸司の家庭教師の日だったんだし、お義兄さんは『いいよ』って言ってたじゃない。それに可愛い妹と会うの、香奈ねぇは久しぶりだから、嬉しいでしょう」

「特段、優衣に会いたい理由はなかったから、それほどでもないわね」

香奈子の言葉に、入浴を終えリビングに戻ってきた優衣が悪戯っぽい笑みを浮かべ、それに対してお茶で口を湿らせた三十路妻が冷めた返答を返す展開を、幸司はリビングに置かれたソファの端に座り、微笑ましそうに見つめていた。

六月上旬の木曜日。午後十一時前。幸司は兄嫁の実姉である香奈子夫妻の自宅、二階建ての一軒家を訪れていた。今日から十日間、この家で世話になるのだ。

というのも、今日から来週末にかけて、アメリカに単身赴任中の兄が一時帰国。香奈子から「夫婦水入らずですごさせてあげる気はない?」と尋《たず》ねられ、その間はこちらの家から学校に通えばいい、という提案も同時にされていた。

本心を言えば大好きな義姉を夫とはいえ兄と二人きりにしたくはない。ひょんなことから遥奈と肉体関係を持ててしまい、その後も何度か素晴らしい経験をさせてもらえているだけになおさらだ。しかし、それは口が裂けても言えないことであり、本音を押し隠し提案を受け入れたのである。

(いまごろ兄さんはお義姉さんのあの素敵な身体を……ダメだ、ダメだ、そんなこと考えちゃ。そんなこと考えても惨《みじ》めになるだけだ)

夫が妻を抱くことは当然であり、その間に割って入ろうとする自分が異分子であることは疑いようがない。それだけに兄の夫婦生活を想像することは己の立場の弱さを意識することであり、落ちこむ結果しか待っていないことであった。

「うわっ、酷《ひど》い。ねぇ、幸司もそう思うでしょう」

「えっ？　あっ、あぁ、そう、だね」

「ちょっと、聞いてないわけ」

「いや、そんなことは……ほら、きっと香奈子さんの照れ隠しなんだよ」

いきなり話を振られ少しアタフタとしてしまった幸司は、可愛らしく頬を膨らませる女子大生に必死に言い繕《つくろ》った。

「なんで私が照れ隠ししないといけないのよ。幸司くんもけっこういい加減ね」

「いや、僕は別にそんなつもりは……」

今度は香奈子から責められ防戦一方となってしまう。いま前田家のリビングにいるのはこの三人のみ。一時間前までは香奈子の夫である政夫もいっしょだったのだが、海外支社とのリモート会議があるらしく二階の書斎へと引きあげてしまっていた。

（それにしても香奈子さん、学校とは全然雰囲気、違うよなあ）

学校では生徒指導担当という立場もあるのか、常に厳格さを見せている女教師だが、いまは髪もひっつめ髪ではなく無造作に垂らされメガネすらしていない。たったそれだけで非常に柔らかな雰囲気となり、元の顔立ちのよさもあって華《はな》やかさすら感じさせる。そのあたりはさすが遥奈や優衣の姉といったところだろう。

（それに自宅にいるからか格好も無防備というか……あれ、絶対にブラジャー、して

いないよな）

優衣の前に入浴を終えていた香奈子は、前ボタン式のパジャマを着ていたのだが、たわわな乳房が上衣を盛大に突きあげ、少し身体を動かすだけでタップタップと揺れ動いていたのだ。放課後、生徒指導室でブラジャー越しの膨らみには何度も触らせてもらっているだけに、幸司の淫茎は一気にヒートアップし、パジャマズボンの下で完全勃起してしまっていた。右手でさりげなく股間の位置を調整しつつ、意識をそらす質問を口にする。

「そういえば、お風呂を出てからメガネしてませんけど、見えてるんですか？」

「えっ、幸司、知らなかったの？　香奈ねぇ、伊達《だて》メガネだよ」

「えっ⁉　そっ、そうだったんですか？」

思わぬ優衣の言葉に幸司は驚きの表情で香奈子を見つめた。

「伊達ではないのよ、弱いけどちゃんと度は入っているの。しなくても日常生活はそこまで困らないんだけど、授業中教室の後ろのほうはちょっとぼやけて生徒の顔が見えないのよ。だから、外に出るときはかけるようにしているの」

「あぁ、なるほど、そういうことですか。優衣さん、ガセ情報はヤメテよ」

「別にしなくても困らないんだからガセではないでしょう。それと幸司、何度も言っているけど、お姉ちゃん、でしょう。そこ、間違えないように」

美熟女教師の言葉に納得した幸司は、反撃とばかりに優衣に矛先《ほこさき》を向けたのだが、美人家庭教師は開き直るように挑発的な目を向けてきた。そのまったく悪びれない態度にはもう苦笑しか浮かばなかった。

「それはそうと、優衣、今日はもういいけど明日はちゃんと家に帰りなさいよ」

「私もそのつもりよ。ところで幸司はいつまで香奈ねぇの家にいるの？」

改《あらた》めて長姉に釘を刺された末妹が頷き、こちらに話を振ってくる。

「いちおう来週末、兄さんがアメリカに戻るまでのつもりだけど、明後日の土曜日には実家に行くから、そのままそっちから学校に通うのもありかなとは思ってる。どっちにしろ土曜日は向こうに泊まるし」

この週末は兄夫婦が実家の両親を訪ねることになっており、幸司も合流して久しぶりに食事を共にすることになっていたのだ。

「あら、向こうの家からだと通学にけっこう時間かかるでしょう。それがあって遥奈のところにいるんだから」

「それはそうなんですけど、さすがに一週間以上となると、香奈子さんや政夫さんに迷惑かけすぎな気がして……」

実家からだと一時間半、居候している兄夫婦の家からなら四十分、この前田家からも四十五分程度で学校へ通える。そのため、優衣に対する答えを聞いた香奈子が、美しい眉間に皺を寄せた。それに対して幸司は正直な思いを口にした。

「そこは気にしなくていいのよ。遥奈の義弟ということは、幸司くんは私にとっても弟ってことなんだから。甘えてくれていいのよ」

優しい微笑みで見つめられると、胸の奥が温かくなった。同時に、男兄弟で育った幸司は美人で優しい姉からの言葉に頬が少し赤らむのを感じる。

「そうそう、弟は姉には絶対服従だからね。ということで、私の言うことはよく聞くように」

姉の言葉に我が意を得たりと、優衣が幸司の頭をポンポンッと軽く叩いてきた。今日は最初から泊まる気で来ていたらしい女子大生は、入浴後、白いTシャツとグレーの膝丈パンツという姿になっていた。そのTシャツをほどよく盛りあげる、やはりノーブラと思《おぼ》しき膨らみが弾むように揺れ、思春期少年の性感を揺さぶってくる。

「あら、姉なら弟には優しくしてあげないと。ねッ、幸司くん」

「は、はい」

意味ありげな微笑みを送ってきた香奈子に、背筋をゾクリとさせられながら幸司は頷いた。「優しく」の言外の意味には、学校で身体を触らせてもらいながらの手淫やフェラチオが含まれているとわかるだけになおさらである。

「そんなこと言われなくても、私だって優しくしてあげてるわよ。ねえ、幸司」

「も、もちろん、優衣お姉さんはすっごく優しいよ」

美人女子大生からも家庭教師のたびに手淫のご褒美をもらっているだけに、幸司は素直に頷き返した。

「幸司くん、優衣に強制されてない……って、ヤダ、もうこんな時間なのね。私はもう上に引きあげるから、あなたたちも適当に寝なさい。明日も学校なんですからね」

柔和《にゅうわ》な表情を浮かべていた香奈子が壁時計に目をやり、ハッとした様子でソファから立ちあがった。その際、豊満な双乳がまたしてもぶるんっと揺れる様子が見て取れ、幸司のペニスが切なそうに胴震いを起こしてしまう。

「あっ、本当だ、もう十一時半になるじゃない。私も明日は一限からだし寝るわ」

「じゃあ、優衣お姉さんが布団使ってよ。僕はこのソファ、使わせてもらうから」

優衣の言葉にそう提案した幸司は、テーブルの上の自分と女子大生の湯飲みを手にキッチンへと向かった。この日から泊めてもらう部屋は、前田家の一階、リビングの一角にある五畳の和室であり、そこにはすでにひと組の布団が敷かれていたのだ。

「別に布団並べて寝ればいいじゃない。もしかして幸司、綺麗なお姉ちゃんといっしょだとドキドキしちゃうのかな」

「あのね、優衣。あなたが予定外なんだから、本来ならあなたがソファなのよ」

和室の押し入れから早くも新たな布団をひと組取り出している優衣に、キッチンで湯飲みを洗う香奈子が呆れた声をあげた。それに対して幸司は、どうすればいいのかわからず不安げな顔となっていた。

(優衣さんと布団並べて寝られたら嬉しいけど、でも香奈子さん的にはどうなんだろう。高校生の僕が女子大生の妹と同じ部屋で寝るの、いい気はしないんじゃ……)

「いいじゃない別に、布団もあるんだし」

そう言うと優衣は敷かれていた布団の横に新たに出した布団を敷きはじめた。

「本当にしょうのない子ね。幸司くん、今夜は優衣と同室で我慢してくれるかしら」

「我慢ってなによ。本来なら喜ぶことでしょう。綺麗なお姉ちゃんといっしょに寝られるんだから。ねえ、幸司、違うの？」

「ち、違わないです。はい、嬉しいです」

香奈子の言葉に文句を言う優衣の問いかけに、幸司は戸惑いを覚えつつも頷いた。

その後、本当にいいのかと確認するような目で香奈子を見ると、三十路妻は苦笑混じりに肩をすくめ、頷き返してくれたのである。

2

「ねえ、幸司、もう寝ちゃった？」

「いや、まだですけど、なに？」

隣り合った布団に横になって十分ほどが経った頃、囁くように優衣が語りかけてきた。幸司は閉じていた目を開き、暗い天井を見あげながら答える。

姉のような存在であるとはいえ、すぐ隣にスタイル抜群の美人女子大生がいると思うと、なかなか寝つくことができなかったのだ。

「さっきしてあげられなかった今日のご褒美、いまからしてあげようか」

「えっ！」

予想外の言葉に、幸司は慌てて顔を左隣に向けた。すると優衣もこちらに顔を向けてくる。完全には目が暗闇に慣れていない中、女子大生と見つめ合っていく。

この日の家庭教師は前田家のダイニングテーブルを使って行われ、その時間、香奈子はキッチンで夕食の後片付けをし、夫の政夫はリビングのソファでくつろいでいたこともあり、問題正解のご褒美はなしであった。

「そ、それは嬉しいけど、でも、香奈子さんや政夫さんに気づかれたら……」

ここひと月ほど、毎週木曜日は美人家庭教師からの『ご褒美手淫』が定番化していただけに、問題を正解してもご褒美なしには物足りなさがあった。しかし、二階にいる香奈子や政夫の存在は気になってしまうのだ。

「わざわざ様子を見におりてなんて来ないわよ。トイレは二階にもあるし、おりてくる理由がそもそもないでしょう」

「そ、そうなの、かなぁ……」

(まだ仕事中かもしれない政夫さんがなにか飲み物を取りに来るかもしれないし、香奈子さんだって本心では僕と優衣さんが同じ部屋で寝るの、快《こころよ》くは思ってないと思うんだよなぁ……)

香奈子は週に数度、手淫と口唇愛撫によって幸司の性欲を満たしてくれており、そもそものきっかけが遥奈に対する『性衝動の暴走』であっただけに、女子大生との同室には危惧《きぐ》を覚えているかもしれないのだ。

「不安材料ばかり掻き集めていたらなにもできなくなるわよ。いま重要なのは、幸司がお姉ちゃんにエッチなこととしてほしいか、してほしくないかの二択よ。どっち」

「それはもちろん、してほしいです」

優衣の割り切りのよさに羨望《せんぼう》を覚えながら、素直に欲望を口にした。

「そうそう、最初から素直にそう言えばいいのよ。香奈ねぇもさっき言っていたでしょう、幸司は弟なんだからお姉ちゃんに甘えてくれていいのよ」

女子大生はそう言うと、枕元に置かれていたライトスタンドのスイッチを入れた。和紙で作られた円柱の筒を透《す》かしてＬＥＤの光が柔らかくこぼれる。さらにその円柱を囲うシュードは和室に合った組子細工であり、吉祥文様《きっしょうもんよう》を浮かびあがらせていた。

「いや、香奈子さんはそういう意味で言ったわけじゃないと思うけど」

「まっ、解釈《かいしゃく》は人それぞれってことで。そうと決まれば、早速はじめましょう」

布団をめくりあげ、優衣が起きあがった。それにつられて幸司も布団を抜け出す。

「ねえ、幸司。今日は私も脱いで、裸になってあげようか」

「えっ！」

「なによ、見たくないの、私の裸。いつも身体に、特に胸元に幸司のエッチな視線、感じてたんだけどなぁ」

悪戯っぽく微笑む優衣に、頬が一気に熱くなった。同時にいきり立つペニスが下着の内側で早く解放しろと苦しそうに跳ねあがる。

「そ、それはもちろん見たい、です。でも、本当にいいの？」

「いいのよ、今日は特別。さっ、幸司も早く裸になりなさい」

ライトスタンドからの淡い光に照らされる女子大生の頬が、ほんのり赤みを帯びているのがわかる。可愛らしくも美しい顔に笑みを浮かべ、優衣がまず膝丈のパンツを脱ぎおろした。スラリと長い美脚に感嘆の吐息が漏れる。残念ながらパンティはTシャツの裾に隠れ、ギリギリ見ることができない状態であった。それがなんともエロチックであり、幸司の性感を刺激する。

「ほら、幸司も脱いで。幸司が脱がないんなら、お姉ちゃん、上はまだ脱いであげないぞ。残念だなぁ、勉強頑張ってる幸司にオッパイ、見せてあげるつもりだったのになぁ。香奈ねぇや遥ねぇには負けるけど、私もそれなりに大きいんだけどなぁ」

蠱惑《こわく》の笑みでからかう女子大生に、幸司は思わずTシャツをほどよく盛りあげる胸元に視線を送ってしまった。ゴクッと生唾を飲み、優衣と同じようなTシャツタイプのパジャマを脱ぎ捨てると、ズボンとパンツもいっぺんにズリさげ、全裸となった。うなるように飛び出したペニスが、下腹部を叩く勢いでそそり立つ。

「あんっ、すっごい。幸司の、いつ見ても立派だわ。それに、このひと月でさらに一回りたくましくなったみたいよ」

「そんなことは……でも、もしそうなら、優衣お姉さんが触ってくれるからだね」

(優衣お姉さんだけじゃなく、香奈子さんにはお口でしてもらって、遥奈お義姉さんには最後まで……この一カ月は本当信じられないことの連続だよ)

美人三姉妹との夢のような体験。そのすべてのはじまりは家庭教師中の優衣からの提案であった。そう考えると目の前の女子大生がとりわけ大切な存在に感じられる。

「あら、ずいぶん口が上手になったじゃない。うふっ、じゃあ、これ、脱ぐね」

そう言うと優衣は両手をクロスさせTシャツの裾を摘まむと一気に引きあげた。円《えん》錐《すい》形の美しい膨らみがぷるんっと弾むように揺れながらその姿をあらわす。

「す、すっごい……優衣さん、お姉さんのオッパイ、すっごく綺麗だ」

見事な美乳に幸司は感嘆の声をあげ、陶然とした眼差しを双乳に向けた。

単純な乳房の大きさなら遥奈のほうが一回りは確実に大きい。しかし形の美しさは優衣に軍配があがりそうだ。さらに、乳暈や乳首の色味も兄嫁のそれより儚《はかな》げな美しさをまとっている。色気は確実に若妻だが、清廉《せいれん》さは女子大生の勝ちだ。

「綺麗なのはオッパイだけ?」

「ううん、全部。優衣お姉さんの身体全部がすっごく綺麗で、プっ、プロポーションも抜群だから、僕、裸見せてもらっただけでもう出ちゃいそうだよ。それに、そんなエッチなパッ、パンティ、穿《は》いてるなんて……ゴクッ」

Ｔシャツを脱いだことで、隠れていたパンティもいまやあらわとなっている。それは黒い薄布であった。前面にはレースが施され、その隙間から陰毛と思しき翳りも確認できる。さらに、サイドは少し強めに引っ張ればプチッと切れてしまうのではと思えるような細さの紐であった。アイドル顔負けの相貌の女子大生が身に着けるセクシーランジェリーに、ペニスには小刻みな痙攣が襲い鈴口から先走りが滲み出る。

「気に入ってもらえた？」

「うん、すっごく。優衣お姉さんはいつもそんなエッチな下着、着けてるの？」

括れた腰に手を当てポーズを取ってくる優衣をウットリと見つめながら、何度も首肯を繰り返していく。

「まさか、今日は特別よ」

「えっ？　それってどういう……」

予想外の答えに、思わず訝しげな表情となってしまった。

「ねえ、幸司。今日は手だけじゃなく、最後まで、しようか」

言った瞬間、優衣の全身がカッと燃えるように熱くなった。腰がぶるっと震え、言葉の意味を理解した肉洞が緊張でキュッと締まっていく。

「えっ!? ャッ、あの、それは、さすがにマズいんじゃ……」

両目を見開いた幸司が落ち着きなく身体を揺らし、戸惑いの声で返してくる。

(そりゃあ、そうよね、あまりにもいきなりだもんね)

「なに、私とはエッチしたくないの? 手だけで満足? それ以外は興味なし?」

少年の困惑を理解しつつ、それでも挑発的な態度を崩さなかった。もし幸司に同調してしまえば、処女である優衣自身が身動き取れなくなってしまいそうだ。

「そ、そんなことはけっして……でも、どうして急に」

本気か冗談か判断がつかない様子の少年が、ソワソワした感じで疑問を口にする。

(幸司は私が処女だなんて考えてもいないだろうし、ギリギリまで悟《さと》られるわけにはいかないわ。でも、まさか遥ねぇの義弟と、私自身が弟扱いしている男の子に初めてを捧げる気になるなんて……)

最初は遥奈に対する少年の禁断の欲望を減じさせるための手淫であった。そのお手伝いを通じて、優衣自身が男性器に慣れていければというのが裏目的であり、それはおおむね成功していると思われる。しかし、回を重ねるごとに女子大生のオンナの部分は確実に目を覚まし、強い刺激を欲するようになっていたのだ。

（告白してきた誰かと付き合えばいいんだろうけど、いざとなると尻込みしちゃいそうだし……その点、幸司なら私の言うことを聞いてくれる安心感があるのよね）

手淫の際、優衣は身体に触れることを許可していない。それどころか下着姿にすらならず、あくまでもご褒美のため義務を履行《りこう》している体をつづけていた。幸司は物欲しそうな目で女子大生の身体を見つめてはくるものの、自分から手を出してくることはない。それは安心であるが同時に物足りなさを覚えることでもあった。

（先週なんて家に帰ってから幸司に抱かれることを想像して一人で……それも木曜だけじゃなく、金曜、土曜と連日……いままではそんなこと滅多にしたことなかったのに。あれは恋愛感情じゃない。それはわかっているけど、この子なら……）

大人のオンナとしての欲望はあるのに踏み出す勇気を持てずにいる自分。処女であることがその原因であるような気がしていた。その意味では処女は重荷でしかない。かといって相手は誰でもいいとも思えず、面倒くさい状況になっていた。そんな状態で自慰の手伝いをはじめ、この素直な少年ならという気持ちになっていたのだ。

「んっ？　先週見せてくれた中間テストの結果、よかったじゃない。だから、なにか特別なご褒美をあげたいなと思っていたのよ。私のこの身体じゃ不服？」

苦しい言い訳だと思いつつ、蠱惑の微笑みで幸司を見つめた優衣は、両手で己の肉体を撫でつけてみせた。ほっそりとした自分の指先が肌をすべるだけで背筋がゾクゾクッとし、下腹部にモヤッとした感覚が起こりはじめる。

「そんな、ふっ、不服なんてことは絶対にないよ。過分すぎてビックリしてるんだ」

ウットリと女子大生の肉体を見つめる少年が、かすれた声で思いを吐露《とろ》してきた。

見せてもらった幸司の中間テストの結果は一学年二百名中の五十位程度と、けっして悪くはないが飛び抜けて優秀という成績でもなかった。それでも入学直後に行われた実力テストが八十位台であったことを考えれば健闘したほうだろう。特に優衣が重点的に教えてきた英語は六十三位から十七位と大躍進《やくしん》を遂げており、それだけでも特別ご褒美に値《あたい》すると言えなくもない。

「じゃあ、やめる？」

両手で少年の頬を挟みつけ、ほぼ同身長の男の子の目をまっすぐに見つめた。幸司も自分と同じ緊張と興奮のなかにいるのだろう、両手に感じる教え子の体温が高い。

「やっ、ヤです。優衣お姉さんからのご褒美、欲しいです」

激しく顔を左右に振る少年がとてつもなく可愛く思える。

「じゃあ、いいじゃない」

心臓の高鳴りを覚えながら優衣はそう囁くと、顔を近づけ唇を重ねた。チュッと軽く粘膜同士が接触しただけの軽いキス。しかしこれがファーストキスである女子大生の頬はいっそうの熱を帯びた。

「あぁ、お姉さん……優衣お姉さん！」

「あんッ、幸司」

上気した顔で見つめ返してきた教え子が、いきなり抱き締めてきた。円錐形の美乳が少年の胸板で押し潰れ、下腹部には硬い物体がグイグイッと押しつけられてくる。そのたくましい感触に優衣のオンナが敏感に反応し、腰が切なそうに左右にくねると同時に、淫蜜がパンティクロッチに滴り落ちていく。

（あぁん、私のあそこ、期待ですごくウズウズしてる。初めてのエッチなのに、こんなに疼かせちゃってるなんて……）

処女でありながらセックスを熱望する秘唇の蠢きに、羞恥と興奮が駆け巡った。

「僕だけだよね。こんなエッチなご褒美もらえるの、僕だけでほかの生徒には……」

いったん抱擁をといた幸司が、紅潮《こうちょう》させた顔面で切なそうに見つめてきた。

「うふっ、なぁに、そんなことが気になるの？　というか、幸司、お姉ちゃんのこと、ビッチだと思ってる？」

「あっ、いや、ごめんなさい、そういうつもりじゃ……」

ハッとした様子で大慌てで首を振る少年に、優衣は思わずクスッとしてしまった。

（まさかそんなこと言ってくるとは思わなかったわね。まあ、この言葉で私に経験がないなんて思ってないことはわかったけど、幸司って独占欲が強いのかしら？）

優衣は幸司のほかにも家庭教師をしており、その生徒のことを言っていることはすぐにわかった。だが、ほかの教え子は中学三年の女の子であり、過去の生徒も全員女子。男の子の教え子は幸司が初めてであった。

「まあ、いいわ。幸司だけよ。その証拠に私の、お姉ちゃんの初めて、幸司にあげるんだから」

「まあ、いいわ。男の子の教え子は幸司だけよ。

「えっ⁉　はっ、はじ、めて？」

「そう、初めて。私、経験ないのよ。ごめんね。だから、上手に導いてあげられないかもしれない。それでもいい？」

あまりに想定外の言葉だったのだろう、驚きの表情となりマジマジと見つめてくる少年を、優衣は恥ずかしそうに頬を染めながら潤んだ瞳で見つめ返した。

「いいもなにも、そんな大切なもの、僕なんかに……成績があがったご褒美にしては大きすぎるよ。優衣さんこそ本当にいいの？　優衣さんくらい美人ならそれこそ彼氏なんていくらでも……」

かすれた声で言い募る少年の口を、女子大生は再び唇で塞《ふさ》いだ。短い接吻を終えると幸司の額《ひたい》に自身のおでこをコツンッとくっつける。

「私、こんな性格だけど、そっち方面はどうも苦手なの。正直、怖いのよ。でもね、幸司相手なら平気な気がするの。だから、もらってくれると嬉しいな。もし幸司にフラれたら……そうだなぁ……うふっ、いま中三の子も教えてるんだけど、私のこと好いてくれてるみたいだし、来年その子の高校合格祝い、ンッ!」

別の教え子が女子であることを幸司が知らないのをいいことに、ありえない「もしも」話をした優衣は、その途中で今度は少年側から唇を奪われてしまった。

「ううん、幸司……」

「イヤだよ! そんな年下のやつに渡すくらいなら僕が……僕のコイツで、優衣さんの、お姉ちゃんの初めてありがたくもらうよ」

唇が離れた直後、今度は再び抱き締められた。熱く硬いペニスが下腹部を圧迫してくる。そのたくましい感触に処女の身が震え、新たな淫蜜が股布を濡らした。

「ええ、奪って。幸司の立派なオチ×チンでお姉ちゃんをオンナにして」

心臓の鼓動がさらに速くなるのを感じつつ、優衣も両手を少年の背中に回し、ギュッと抱き締め返した。幸司の肌の温もりばかりか、その鼓動までもが伝わってきそうだ。その一体感になんともいえない安心感を覚える。

「うん、奪うよ。優衣お姉さんの大切な初めて、ほかの男になんて渡さないから」

背中に回されていた両手が肩にあてがわれ、上気した顔に真剣な表情を浮かべた幸司が次の瞬間、すっと優衣の足もとにしゃがみこんだ。つづいて左右が紐状になっているパンティの腰紐を摘まんでくる。

「こっ、こう、じ……」

「脱がせるよ。優衣お姉さんのこのエッチなパンティ、脱がせてもいいでしょう」

「えっ、ええ、いいわ。お尻のほうから剝《む》くようにすれば脱がせやすいと思うわ」

少年の積極性に少し気圧《けお》されるものを感じながらも、優衣は赤らめた顔で頷き返した。女子大生の言いつけを守るように、幸司はぷりっと上向きの双臀のほうから薄布をおろしてくる。ツルンッと尻肉が露出し、楕円《だえん》形に生え揃った陰毛がふわりと姿をあらわす。直後、チュッと小さな蜜音を立てながらクロッチが秘唇から離れた。

(聞かれたわよね。私の耳にまで届いてきたんだもん、あそこをエッチに濡らしちゃってるの、幸司に知られちゃった)

初めてでありながら早くも淫裂を蜜液で濡らしている事実。それを知られた羞恥に全身が燃えるように熱くなる。その間にも幸司は薄布を足首までさげてきた。片脚ずつをあげ、黒下着を完全に取り去っていく。

「本当に綺麗だ……優衣お姉さんの裸、信じられないくらいに綺麗だよ」

「ありがとう。幸司のモノよ。幸司の好きにしてくれていいのよ」

「あぁ、優衣お姉ちゃん……」

再び立ちあがった少年と正面から見つめ合い、どちらからともなく唇を重ねていった。唇粘膜に感じる他者の感触。それだけで恍惚感が増してくる。次の瞬間、幸司の右手が左乳房に這わされ、円錐形の膨らみをやんわりと捏ねあげてきた。

「はンッ、コウ、司……」

「はぁ、すごいよ、優衣お姉さんのオッパイ。大きさはもちろん、指を押し返してくる弾力がとんでもないよ」

「うンッ、いいのよ、好きにして。今夜はオッパイも好きなだけ触ってちょうだい」

二人の美姉と比べれば小ぶりであるとはいえ、それでもトップバストは八十七センチ、Eカップもある堂々とした膨らみは揉み応えも充分であろうと推測《すいそく》できる。その乳肉を生で初めて男性に揉まれる女子大生の腰が、悩ましく左右にくねっていた。子宮には断続的な鈍痛が襲い、溢れ出した蜜液が内腿に垂れはじめたのがわかる。

「触らせてもらうよ。優衣お姉さんのエッチな身体、全部、僕のモノにするからね」

かすれた声で返してきた幸司の左手が背中をすべりおり、ぷりんっと上向きのヒップに這わされた。そのまま慈しむようにスベスベの尻肉を撫でまわしてくる。

「あぁん、そうよ、あなたのモノよ。お姉ちゃんのすべては幸司だけの……」

(胸を揉まれただけでゾクゾクしちゃってたのにお尻まで撫でられたら私、あそこの疼きがさらに……処女なのに初めてでこんなに感じちゃうなんて、すっごくエッチな女の子みたいじゃない)

昂りつづける性感に戸惑いを覚えながらも、優衣も右手を少年の股間へとのばし、裏筋を見せつけるペニスの中ほどをやんわりと握りこんだ。その瞬間、強張りがピクッと跳ねあがり、垂れ落ちた先走りが早くも指先に絡みついた。

「ンはっ、あぁ、優衣、おねえ、さん……」

「硬いわ、幸司のこれ。いつも以上に硬く、熱くなってるのがわかる」

甘い囁きを漏らし、優衣は右手を上下に動かした。チュッ、クチュッとすぐさま粘つく摩擦音が起こり、絡めた指腹には断続的な小さな胴震いがはっきりと伝わってくる。その雄々《おお》しさに女子大生の性感がいつも以上に揺さぶられていた。

(幸司の触ったら、あそこがまた……こんなエッチな気持ちになったの、初めてだわ。身体がこんなに初体験に期待しているなんて……)

明るく活発な性格で異性からもモテるが、なかなか一歩を踏み出す勇気を持てなかった恋愛関係。そんな心とは裏腹に肉体はオンナとしての悦びを欲していた。初体験を前提とした幸司との性的接触で、それが如実《にょじつ》に明らかになったような気がする。

「おっ、お姉さん、ダメ、そんなこすられたら僕、すぐに……」

切なそうに顔を左右に振る幸司が、右手の指先で弾力ある肉房の頂上にちょこんっと乗っている桜色の乳首を摘まんできた。すっかり硬化していた突起への突然の刺激に、鋭い快感が脳天を突き抜けていく。

「あんッ、ダメよ、幸司、そこ、そんなふうにされたら、私……」

腰が狂おしげに左右にくねり、淫裂への刺激を欲する本能が太腿同士をこすりつけ合う。わずかなスリットのよじれが背筋に微電流を走らせる。同時に右手に握る淫茎をギュッと握りこんでしまっていた。

「ンはぅ、ゆ、優衣さん、そんな思いきり握られたら、僕、本当に……だからその前に、くッ、僕に優衣お姉さんのあそこ、舐めさせて」

「えっ！　私の、あ、あそこを……」

覚悟はしていた。だが実際に言われると身体が震え、上ずった声になってしまう。

優衣はいったんペニスから手を離すと、少し不安げな目で正面の少年を見つめた。

「もしイヤならそれはいいんだ。優衣お姉さんを傷つけたくないし。でも、許してもらえるなら、少しだけでも……」

乳房や尻を触っていた両手を再び女子大生の肩に戻した幸司が、どこか緊張の面持ちで見つめ返してきた。

「わ、わかったわ。いいよ。だって、これは幸司へのご褒美、なんだから」

体調不良かと思えるほど頭が重たく感じられ、顔面は熱く火照っていた。緊張に顔を強張らせつつ頷くと、少年が頷き返してきた。

「ふ、布団に横になるわね。そのほうがいいでしょう?」

「う、うん、そうだね」

ぎこちない笑みを浮かべどちらからともなく身体を離した。

(あっ、このまま布団に横になってエッチしたら、シーツを血で汚しちゃうかも。香奈ねぇにそんなこと知られるのは恥ずかしすぎるよ。それに幸司とエッチしたなんて知られたらなにを言われるか……)

セットしていた掛け布団をいったん脇にどかし、敷き布団に横たわろうとしてハッとなった。少年に抱かれる覚悟は決めている。破瓜《はか》の血も流れるだろう。だが、その証拠を、処女喪失の証を姉に見られることほど恥ずかしいことはない。

「ちょっと待って。ねえ、幸司、変なこと聞くけど、タオルって持ってないかしら」

「タオル？」

怪訝《けげん》そうな表情の少年に事情を説明すると、幸司もハッとした様子を見せた。

「バスタオルやフェイスタオルはいちおう持ってきているけど、それでいい？」

「うん、血がついちゃうと思うけど、いいかな？」

「そ、そんなの、気にしないでよ。優衣お姉さんの初めての相手に選んでもらえるなんて、すっごい光栄なんだから」

上気した顔で頷いた少年が持参していたボストンバッグを開け、新品の白いバスタオルを取り出した。春先に遥奈の家に引っ越す際、実家から持ってきた複数のタオル類の一枚らしい。優衣はそれをありがたく受け取るとシーツの上、腰から下が触れると思われる部分に敷いた。そしてそのままあおむけに横たわる。

「ご、ごめんね、幸司、気を削《そ》いじゃって。いいわ、来て。私のあそこ、舐めて」

羞恥を新たにしながら膝を立てるようにして両脚を開く。するとすかさず幸司がその間に身体を入れ腹這いとなった。

「あぁ、すっごい、これが優衣さん、お姉さんのあそこ……ゴクッ、こんなに綺麗で甘酸っぱい香りがしているなんて……」

「いや、そんなこと言わないで。すっごく恥ずかしいんだから」

（あぁ、見られてる。幸司に、男の人に初めてあそこ、見られちゃってる）

恥ずかしさで脚を閉じ合わせてしまいたくなる思いをグッとこらえ、優衣は異性からの視姦に耐えていた。

「ごめん、でも、本当にとっても綺麗だ」

上ずった声をあげた幸司の両手が内腿に這わされ、グイッとさらに大きく広げられてしまった。同時に淫蜜で濡れるスリットに吐息が吹きかかる。その瞬間、腰がゾクリとし布団からヒップが一瞬浮きあがった。

「あんッ、ダメよ。そんなに息、吹きかけないで。くすぐったいわ」

「ほんとにごめん。じゃあ、あの、なっ、舐めるよ」

股間から少年の囁きが聞こえた直後、ヌメッとした舌先が秘唇を舐めあげた。

「あんッ、こッ、幸、じ……」

ビクンッと腰が跳ねあがり、背筋を愉悦の電流が駆けあがる。

チュッ、チュパッ、チュチュ……。その間も幸司の舌はスリットの表面をなぞり、蜜液をすすりつづけていた。初めての快感に開かれていた脚が自然と閉じそうになる。

すると少年の両手が内腿から外側へと這わされ、優衣の脚を抱えこんできた。

「あぁん、幸司……うンッ、やだ、これ、気持ち、いい……」

(あそこを舐められるのがこんなに気持ちいいなんて……あぁん、あそこの奥がジンジンするし、頭がクラクラしてきちゃう)

淫裂から伝わる舌先のヌメリと温もり、そして全身を伝播《でんぱ》する痺れるような愉悦。無垢《むく》な膣襞がいままでになくざわめき、淫蜜を次から次へと圧し出していく。女子大生の両手が自然と股間に顔を埋《うず》める少年の頭にのばされ、悦びを伝えるようにその髪の毛をクシュクシュとしていく。

「ンぱぁ、優衣さんのエッチなジュース、ほんとに甘くて美味しいよ」

直後、股間から顔をあげた幸司が口の周りを淫蜜でテカらせ、かすれた声で返してくる。その少年の顔を見た瞬間、優衣の全身がいっそうの火照りに見舞われた。

「恥ずかしいけど、幸司の舌で優しく舐められると私もすごく気持ちいいわ。初めてなのにこんな感覚になるなんて、ちょっと信じられないくらいよ」

「優衣お姉さんが気持ちよくなってくれて僕も嬉しいよ。僕、もっと頑張るから、だからもっと気持ちよくなって。チュパッ……」

熱っぽい眼差しで頷くと、男子高校生は再び女子大生の股間へ顔を埋め、先ほどより強めの刺激を送りこんできた。

ぢゅるッ、ぢゅちゅっ……。少年の舌が強めに淫裂に押しつけられ、舐めあげられていく。そのつど優衣の腰は小さく跳ね、愉悦の信号を受信する脳にはピンクの靄《もや》が立ちこめていった。

「あぁ、上手よ、幸司。うンッ、はぁ、そんないっぱい舐められたらおかしくッ、あんッ！　いやっ、ダメ、いッ、いまそこを刺激されたら、私、わたし……」

初めてのクンニに甘い喘ぎをあげていた優衣だが、秘唇の合わせ目に舌を這わされたとたん、それまでとは桁違《けたちが》いに強烈な快感が脳天を突き抜けた。眼窩にはまばゆいフラッシュが焚《た》かれ、ヒップが布団から浮きあがり、腰が弓なりに反ってしまう。

チュパッ、ぢゅちゅっ、チユッ、ちゅぅぅぅぅ……。女子大生が全身を悩ましく震わせても、幸司は愛撫の動きを緩めてはくれなかった。その唇をクリトリスに密着させ、舐めあげ、すすりこんでくる。

「はぅン、もうダメ、ねっ、お願い、幸司、あぁん、もう、許してぇぇぇぇぇッ！」

その瞬間は唐突に訪れた。脳の処理が追いつかないほど激烈な快楽の奔流《ほんりゅう》に、頭が真っ白になる。タイミングを同じくして腰が跳ねあがり痙攣が襲いかかっていた。

「はぁ、ハア、うンッ、あぁ、はぁ、はあ……」

（嘘、私、イカされちゃった……幸司に、経験ないだろう高校生の男の子にこんな簡

単に……いや、ダメ、あそこのウズウズ、まだ治まってないよ）

自慰とは比べものにならない狂気にも似た絶頂。初めて味わう意識が刈り取られるような感覚に、優衣は圧倒されてしまった。しかし一方、それだけの悦楽を得ながらなお肉洞の疼きがつづいていることに戸惑いも覚える。

「だ、大丈夫、優衣お姉さん」

女子大生の激しい反応に驚いたのか、少年が股間から身体を引きあげるようにして優衣の顔の横に両手をつき、見つめてきた。その顔は陶然としつつもどこか切なそうであり、唇の周りを濡らす淫蜜のテカリが自身の絶頂の激しさを物語っているようで羞恥を新たにしてしまう。

「ええ、大丈夫……ごめん、幸司へのご褒美なのに私だけ先に……それと、大きな声、出ちゃってごめんね」

絶頂の余韻で全身が弛緩するなか、優衣は荒い呼吸を繰り返し謝罪を口にした。

「そ、そんなことは、お姉さんを気持ちよくできたのなら、それだけで嬉しいよ。でも、香奈子さんや政夫さんに気づかれたらちょっと困るな。だって僕、まだ……」

どこか恥ずかしそうな面持ちで幸司が自身の下半身に視線を向けた。つられてそちらを見た次の瞬間、ハッとさせられた。そこには先ほどまで以上にいきり立つペニスがあったのだ。小刻みな胴震いを起こしている強張りは、亀頭が赤黒くなってしまうほどに膨張しており、射精を求めネットリとした先走りを滲み出させている。

「ご、ごめん、幸司、ほんとに私、自分ばっかり……いいよ、来て。幸司のそれ、お姉ちゃんの膣中で気持ちよくしてあげるから、おいで」

両手をのばして少年の頬を挟みつけると、潤んだ瞳で見つめ返し頷いていく。

破瓜の到来の接近に緊張がないと言ったら嘘になる。しかしいまは、驚くほどにたくましくさせた勃起を抱え、辛《つら》そうな表情をしている幸司を満たしてあげたいという気持ちが勝っていたのだ。

「ゆ、優衣さん……ほ、本当にいいんだよね。僕がお姉さんの初めてもらっても」

「なぁに、怖じ気づいたの？　うふっ、いいのよ、幸司がしてくれないなら、お姉ちゃんは本当に来年」

「ヤダ！　それは絶対に……ほかの男に盗《と》られるくらいなら僕が……でも、あの、香奈子さんたちに気づかれてないかな」

激しく首を振る幸司が今度は別の心配を口にした。

（さっきの私の喘ぎ声が二階にいる香奈ねぇたちに聞こえちゃった可能性はゼロではないだろうけど、でも、この中途半端な状態でお預けされるのだけは……）

姉夫婦に男子高校生との淫戯を気づかれた可能性は確かにある。しかし、オンナとしての欲望が、初体験に昂る肉体の疼きが、それを凌駕《りょうが》していた。

「もし見つかったら、私が怒られるから幸司は気にしなくていいのよ。あなたはご褒美を受け取ることだけを考えて。お姉ちゃんからの特別なご褒美、いらないの？」

「いるよ、絶対に欲しい。それに、怒られるときは僕もいっしょに……優衣お姉さんだけを悪者になんかしない。僕がお姉さんを守るから」

「うふっ、ありがとう。さあ、本当に来て。お姉ちゃんを早くオンナにして」

真剣な表情で言い募る幸司に、ふっと心が軽くなるのを感じながら、優衣は枕から頭をあげ少年の唇にチュッとキスをした。

「あぁ、優衣、お姉さん……じゃ、じゃあ、え、遠慮なく、ご褒美もらいます。あっ！　優衣さん、このままでいいの？　あの、コ、コンドームとかしないと……」

火照った顔で頷き返し上半身を起こした幸司が、ハッとしたように動きを止めた。上気した顔に困惑を浮かべているのがわかる。

「あぁ、そうよね。でも、私、そんなの持ってないし……幸司は持ってる？」

幸司が残念そうに首を左右に振った。

（確かにちゃんと避妊したほうが安全ではあるけど……もしなければないで、もうす

ぐ生理だし、たぶんいまは大丈夫なはずよね）

「じゃあ、仕方ないわ。そのままナマでいいよ。いまは大丈夫だと思うから」

「い、いいの？」

「うん、来て。私も初めてはナマで直接感じたいし、幸司だってそうでしょう？」

大胆なことを言っている自覚に頬がさらに熱くなってくる。だが、その自身の言葉が性感をさらに煽り、ジュッと新たな淫蜜を滲み出させた。

「うん、それは、もちろん。ありがとう、優衣お姉さん。じゃあ、今度こそ本当に」

生唾を飲んだ幸司が右手でいきり立つペニスを握りこむと、左手を括れた腰のあたりに這わせてきた。熱い手の感触にぶるっと総身が震えてしまう。その間にも少年は両膝で女子大生の両脚を左右に圧し広げるようにしながら腰を進めてきた。ヒップが少し浮き気味となり、張りつめた亀頭が淫唇を狙いやすくなっている。

「こ、幸、司……」

（い、いよいよ、私、セッ、セックスを……男の人の硬くなったモノをあそこに……ああ、本当に年下の男の子と、遥ねぇの義弟である幸司としちゃうのね）

緊張が再び頭をもたげてきた。心臓の鼓動がうるさいほどに感じられる。それでも女子大生の瞳は秘唇目指し近づいてくる少年の硬直に釘付けであった。次の瞬間、チユッと小さな接触音をともなって亀頭先端がスリットと触れ合った。

「あんッ、こ、幸司」

「さ、触ってる……僕の先っぽが、優衣お姉さんの綺麗なあそこに……はぁ、気持ちよすぎてこれだけでも出ちゃいそうだよ」

ピクッと身体を震わせた優衣に対して、幸司は膣口を探るように右手に握った強張りで淫裂を撫であげながらかすれた声で返してきた。

「イヤよ、まだ、出さないで。こんな中途半端な状況、私のほうがおかしくなっちゃう。だから最後まで、お姉ちゃんのことをちゃンッ！　あっ、そ、そこ」

固く閉じ合わされたスリットが圧し開かれ、亀頭先端が膣口を捉《とら》えた。優衣の背筋がゾクリッとし、緊張が一気に押し寄せてくる。

「イ、挿《い》れるよ、優衣お姉さん。痛かったら言ってね。僕、そのときは」

「大丈夫よ、覚悟はできているから。だから、私のことは気にせずに幸司が気持ちよくなれるように」

さすがに緊張の色を濃くし顔を強張らせている少年に、優衣はありったけの勇気を掻き集め、年上としての気遣いをみせた。

（大丈夫、痛いのはわかってるんだから、そのつもりで……）

「わかった、じゃあ、イキます」

真剣な顔で頷いた少年がグイッと腰を突き出してきた。固く閉じ合わされている肉洞が強引に圧し広げられ、メリメリッと音がしてきそうだ。

（来てる……熱くて硬いのが本当に、くッ、痛いけど、これくらいならまだ……）

なんとか耐えられそうだ。そう思った直後、ズンッとひときわ奥まで肉槍が侵入してきた。ブチッと処女膜が破られ、息が止まりそうなほどの衝撃が突き抜けていく。

「ぐッ！　あぅ、イッ、痛い！　コ、こう、司、はぁ、うぅぅ、痛いよぅ」

想像を超える激痛に優衣の背中が弓なりになり、布団の上でのたうちまわりそうになる。しかし、身体の中心が幸司のたくましい強張りで串刺しにされた状態であり、上半身が大きく左右に揺れていくだけであった。

「くはぅ、キ、キッツい……優衣さんの、お姉さんの膣中、とんでもなく……はぁ、僕のが潰れちゃいそうだよ」

強張りを根元まで蜜壺に埋めこんだ幸司が、優衣に覆い被さるようにしてくる。女子大生の両手が自然と少年の背中へとのび、自身の痛みを分け与えるかのようにその肌に爪を食いこませていく。

「はぁ、幸、じ……」

「ごめん、本当にごめんね、優衣お姉さん。痛くして、ごめん。でも、お姉さんのここ、本当にキッキッでとんでもなく気持ちいいよ」

背中に食いこむ爪の痛みに顔をゆがめながら、幸司は美人女子大生の苦しげな顔を見つめた。

（ほんとに優衣さんの膣中、とんでもないキッさだよ。でも、このキッさが優衣さんの初めてを、美人女子大生の処女をもらった証なんだ……あぁ、ごめん、お義姉さん。僕、お義姉さんとの約束を破って優衣さんと……）

ギュギュッと万力で締めつけるような膣圧に目を見張りながら、幸司は心の中で兄嫁に両手を合わせていた。

優衣とは手淫止まり、香奈子ともフェラチオまでと約束をし、禁断の義姉弟相姦をさせてもらっているのに、女子大生と最後まで進んでしまったのだ。それもバージンを捧げられるというこの上ない特典付きで。その魅力に呆気《あっけ》なく陥落《かんらく》したのである。

「あぁん、幸司……わかるよ、私の膣中、思いきり広げられて、幸司のでいっぱいにされているのが、うンッ、わかる。はぁ、すっごい、違和感だわ」

「一度、抜いたほうがよければ、そうするよ」

「ううん、大丈夫。だいぶ、感覚にも慣れてきてるから。幸司はどう？　私の膣中、本当に気持ちいい？」

「うん、信じられないくらいにいいよ。優衣お姉さんのここ、挿れさせてもらっているだけでウネウネがギュウギュウ絡んできて、すぐに出ちゃいそうなんだ」

潤んだ瞳で見つめてくる優衣に、幸司は射精感の接近を感じつつ頷いた。背中に食いこむ爪の感触がいつしか消えており、女子大生自身、破瓜直後の衝撃から立ち直りつつあることも伝わってくる。

「ちゃんとご褒美になってるみたいで、よかった」

美しく可憐《かれん》な相貌に儚さと悩ましさを混在させた表情を浮かべ、艶やかな微笑みを送ってくる優衣に、幸司の胸がキュンッと締めつけられた。

「当たり前だよ。こんな世界一の特別なご褒美もらっちゃったら、これからも勉強、頑張らざるをえないよ」

「それは当然よ。だって、これは幸司だけへの特別なご褒美なんだから」

「あぁ、優衣さん……」

その瞬間、女子大生への愛おしさが一気にこみあげてきた。その気持ちのまま美人家庭教師の唇を奪うと、本能の赴《おもむ》くまま腰が動きはじめた。ヂュッ、グヂュッという蜜音とともにペニスがキツイ蜜壺を往復していく。さらに右手を優衣の左乳房に被せ、弾力豊かな肉房を捏ねるように揉みこんでいった。

「うむッ、うンッ、こ、幸司……そんな急に動かないで。あんッ、そんなズンズンされながら胸まで触られたら私……あそこがまたジンジンしてきちゃう……」

ビクッと身体を震わせた優衣が切なそうな顔を左右に振ってきた。だが、困惑の言葉とは裏腹に肉洞は悦びの反応を示していた。蜜壺全体がいっそうすぼまり、牝の本能からか膣襞が硬直に絡みついてくる。

「ごめん、優衣さん。でも、いまのお姉さん、素敵すぎて、僕もう我慢できないよ。はぁ、すっごい、絞られる、くっ、優衣お姉さんのエッチなヒダヒダで僕のが、あぁ、ダメ、出ちゃう。これ、本当にすぐに……」

（お義姉さんとのエッチで多少は慣れたつもりでいたけど、優衣さんのここ、お義姉さんとは微妙に違っているから、ほんとに童貞に戻ったみたいになっちゃってる）

遥奈の膣中も狭く締めつけが強烈であったが、優衣の肉洞はそれ以上にキツいのだ。もちろん女子大生にとってこれが初体験ということもあるのだろう。しかし、その要素を差し引いたとしても窮屈《きゅうくつ》感のようなものを覚えてしまう。

さらに膣襞の蠢き具合にも違いがあった。細かな柔襞が複雑に入り組み、まるで雑《ぞう》巾《きん》絞りをするかのようにペニスに絡む兄嫁の膣中に対し、女子大生のモノは強烈な膣圧で締めつけた強張りを奥へ奥へと引きこむような蠕動を見せてきている。

「あぁん、いいわよ、出して。うンッ、幸司へのご褒美なんだから、幸司のタイミングで、はンッ、出して、いいのよ」

「ありがとう。でも、お姉さんにもいっぱい気持ちよくなってもらいたいんだ」

眼窩に悦楽の瞬きが襲い、煮えたぎった欲望のマグマが発射口を開かんと陰嚢内で暴れまわっているのを知覚しつつ、幸司は迫りあがる射精感を必死に押し止めた。

腰を振るたびに肉槍が小刻みに跳ねあがり、狭い膣道を圧し広げんと格闘していた。その先兵たる亀頭が蠢く若襞の迎撃に遭《あ》い、鋭い快感となって背筋を駆けあがる。

「あんッ、こ、幸、じ……うンッ、すっごい、はぁ、膣中、こすられると私……あぁん、初めてなのに私、いや、ダメ、こんなのおかしくなっちゃう」

悩ましく眉根を寄せる美人女子大生が、狂おしげに身体をくねらせていた。ペニスの抽送に合わせ卑猥な摩擦音が奏でられ、それに迎合《げいごう》するように肉洞がキュンキュンッと震えている。

「なって。いっぱいおかしく、気持ちよくなってよ。じゃないと僕が先に……優衣お姉さんのここ、ほんと締めつけが強いから僕のが押し潰されちゃいそうだ」

（ヤバいよ、これ、本当にもう限界が近い。でも、大切な処女をくれた優衣さんにも気持ちよくなってもらいたいし、できるだけ我慢しないと……お義姉さんとのいつものエッチみたいに、ただ甘えさせてもらうだけってわけにはいかないんだ）

遥奈とのセックスでも義姉に気持ちよくなってもらいたいという気持ちを持っているが、それでもどちらかと言えば一方的に甘えさせてもらっている部分が強い。だが今回の優衣とのエッチは、女子大生が初めてということもありできるだけ相手を思いやった性交にしたいという気持ちが芽生《めば》えていたのだ。

「違うわ、逆よ。幸司のが大きすぎて、私のあそこがパンパンになってるんだから」

アイドル顔負けの相貌と、雑誌の巻頭グラビアを飾れるほどのプロポーションを誇る女子大生。そんな美女に潤んだ瞳で見つめられると背筋がゾクリと震え、限界まで漲っているペニスにさらなる血液が送りこまれた。

「あんッ、バカ、なんでさらに大きく……ほんとにダメよ。お姉ちゃんのあそこ、うんっ、本当に裂けちゃうよぅ」

「ンほぅ、締まる！　優衣さんのここ、さらにキツく……あぁ、ごめん、優衣お姉ちゃん、僕、ぼく……」

激しい射精感の突きあげに我慢の限界がついに訪れようとしていた。

息がどんどん荒くなり、強い快感に脳が思考停止していく。優衣を思いやる余裕も失われ、本能の赴くままにがむしゃらに腰を振りたくった。グヂュッ、ズヂュッと粘つく摩擦音がさらに大きくなる。

「はンッ、ダメ、幸司、強い、強すぎるよ、そんな思いきりされたらお姉ちゃんのあそこ、うンッ、壊れ、ちゃう」

「ごめん、お姉ちゃん、でも、僕、もう止まらないよ」

幸司の首に両手を回し引き寄せるようにしてきた女子大生に身体を重ね合わせつつも、腰の動きはいっこうに止まらなかった。それどころか射精に向けてさらに激しくペニスを叩きこむと、張りつめた亀頭でまとわりつく膣襞を強引に圧しやっていく。

「あんッ、ぐぅン、はあ、ああ、いや、腰が揺れちゃう、勝手に腰が……」

一瞬、戸惑いの表情を浮かべた優衣の柳眉がいっそうゆがみ、両脚が幸司の腰に絡みついてきた。そのままヒップを揺らすような動きを示してくる。ギュイン、ギュインと卑猥に蠕動する膣襞がひときわ強く強張りに絡み、しごきあげてきた。

「ンはぁ、締まってる。優衣さんの膣中、さらに強烈に……あぁ、出すよ、お姉ちゃんの子宮に僕、出すからね」

悩ましい女子大生の顔が霞んでくる。それでもかまわず幸司はラストスパートの律動を繰り返した。粘つく性交音が和室に響く。そしてひときわ深くペニスを叩きこむと、亀頭先端がコツンッと子宮口と接触をした。

「ンがッ、あぅ、こ、幸、ジ……」

その瞬間、カッと両目を見開いた優衣の腰が激しく突きあがり、太腿がギュッと幸司の腰を締めつけてきた。そしてビクン、ビクンッと全身を痙攣させはじめた。

「ンはぁ、出る！　もう、本当に、くッ、でッ、出ッるぅぅぅぅぅッ！」

肉槍に再び万力の締めつけが襲い、一瞬ふっと弛緩した。そのタイミングで幸司のペニスもついに弾けた。腰を激しく震わせながら、ドビュッ、ズピュッと欲望のエキスを美人女子大生の膣奥に迸らせていく。

「うぅん、わかる。ンッ、熱いのが子宮に、お腹の中で暴れてるのがわかるよ」

「はぁ、すっごい、まだ出るよ。優衣お姉さんのヒダヒダに、僕、搾られてるぅ」

「いいよ、出して。全部、お姉ちゃんが全部受け止めてあげるから、だから、うンッ、幸司の中のモノ全部、お姉ちゃんにちょうだい」

「あぁ、優衣、おねえ、さん……」

激しい絶頂感に脱力したように、幸司は優衣の上に完全に覆い被さっていった。すると女子大生の両手が背中に回され、優しくギュッと抱き締めてくれたのである。

「ごめん、優衣お姉さん。最後、僕、ワケわからなくなっちゃって、激しく……」

「ううん、平気よ。私も最後のほう、頭が真っ白になって……あんッ」

ゆっくりとペニスを引き抜きながら謝罪を口にした幸司に、優衣は心地よい倦怠感《けんたい》に身を委ねながら首を左右に振った。淫茎が完全に抜かれた瞬間、ゾワッとした震えが背筋を走り、同時に下腹部を猛烈な違和感が襲った。

（あぁん、まだあそこ、圧し広げられた感覚が強く残ってる。でも、私、本当に初体験しちゃったのね。それも弟のように思っている幸司を相手に……）

ゆっくりと上体を起こし股間に目を向けると、シーツに敷いたバスタオルにはっきりと血痕《けつこん》が残されていた。それを目にした瞬間、全身が燃えるように熱くなった。

「優衣お姉さん、ありがとう。お姉ちゃんの初めての相手に選んでもらえて、最高のご褒美だったよ」

やはりシーツの血痕を見つめていた少年が、切なそうに潤んだ瞳で見つめてきた。

「私こそ、ありがとう。幸司が初めての相手でよかったわ」

「あぁ、優衣お姉さん……」

恥じらい含みの笑みを送ると、陶然とした呟きを漏らした幸司に唇を奪われた。

「ンッ……」

唇粘膜から伝わる温もりに甘いうめきが漏れる。両手が自然と少年の首に回された。そしてどちらからともなく、再び布団に横たわっていく。

（あんッ、すっごい、幸司のオチ×チン、また硬くなってる……これが私をオンナにしてくれたのね）

太腿に押し当たるペニスが臨戦態勢を取り戻していることに、優衣はゾクッと腰を震わせた。同時に、初めての刺激に放心状態となっていた肉洞もキュンッとわななき、新たな快感を欲して蠕動を開始してしまうのであった。

3

「あんッ、あふっ、あぁ、幸司……」

「ンくぅ、はぁ、優衣お姉さんのここ、さっきよりもさらにウネウネして、食いついてきてる」

「あぁん、ダメよ、そんな恥ずかしいこと、言わないで。うんっ、幸司のだって二回目とは思えないくらい硬くて熱くて、素敵よ。お姉ちゃんの膣中、本当にパンパンにされちゃってるんだから」

「あぁ、お姉さん……優衣、お姉ちゃん……」

熱っぽく艶めかしい会話。日付は金曜日へと変わった深夜一時すぎ。香奈子は自宅一階リビングに隣接する和室の前で全身を硬直させていた。三十分ほど前に聞こえた甲高《かんだか》い喘ぎ声、それが気になってはいたのだ。しかし、その数分後に書斎から寝室に戻ってきた夫の様子に特段の変化はなく、意識過敏による空耳だと一度は自分を納得させていた。だが、やはり気になって眠れなかったことから、すでに鼾《いびき》をかいていた夫を起こさないよう注意しつつ、こうして様子を見に来たのである。

(まさか、本当にあの二人……じゃあ、あのときのは空耳ではなく優衣の……だったらあの人も気づいたと思うのにあんな平然と……あっ！　そうだったわ。リモートワークのために去年、書斎を防音仕様にリフォームしたんだった)

であれば、夫が異変に気づかなかったことにも納得ができる。

(これってやっぱり優衣が誘惑したのよね。踏みこんで叱るべきかしら。でも、そんなことをすれば今後気まずくなるし……ここは気づかなかったことに……)

「あんッ、すっごい、膣奥に、また、膣奥まで、うンッ、届いてる」

「くぅう、出ちゃうよ、優衣さん。僕、また、お姉ちゃんの膣中に……」

（えっ？　膣中!?　だ、ダメよ、それはさすがに……）

襖《ふすま》越しに聞こえる睦言《むつごと》。その内容にハッとなると同時に、香奈子の下腹部にズンッと重たい疼きが走った。

（えっ、ヤダわ、私ったら、妹のエッチな声を聞いてこんな……）

自身の肉体変化に一気に羞恥が襲いかかってくる。結婚四年目。いちおう夜の夫婦生活はあった。しかし、最近は政夫が夜、海外とのリモート会議を行うことが増え、エッチの回数は減少の一途であり、ここひと月はゼロである。

その代わりのように入りこんできたのが、学校での幸司への口唇奉仕であった。男子高校生のたくましいペニスに日常的に触れ、三十路妻の肉体はいつでも受け入れ準備ＯＫになっていた。だが、肝心《かんじん》の夫とはなにもなく、そこに来てのこの状況。女盛《ざか》りを迎えようとしている肉体が敏感に反応してしまっていた。

（マズいわ、二人に声をかけるどころか、踏みこんで行為を直接目にしてしまったら私のほうがおかしくなっちゃう。これはもうこの場を離れるしか……）

昂りはじめた肉体を必死になだめつつ、香奈子は和室の前から離れ、寝室へと引き返すのであった。

4

「あぅっ、あぁ、うぅぅぅ……」

シャワーを浴びながら、遥奈は左手で己の豊かな左乳房を揉みこみ、右手を股間へとおろしていた。茂みのさらに奥、夫の白濁液を流し落としたばかりの秘唇に、中指をグイッと突き立て、浅い部分の襞をこすりあげていく。

(秀一とエッチした直後にこんなこと……でも、私、満足、できなかった。許されないのに、幸くんとのエッチのほうが気持ちいいなんて思っちゃった……)

テクニックも持続力も夫のほうが上であったが、遥奈を求めるがむしゃらさは義弟のほうがはるかに勝っていた。そのためオンナとして満たされた感覚は幸司とのエッチのほうが強かったのである。

(でも、幸くんとエッチできるのは一週間以上先……って私、なに考えてるの。義弟とのエッチなんて、求められても応えてはいけないことなのに……)

心に浮かんだ背徳の思いを慌てて否定していく。だが、脳裏には少年の下腹部に張りつきそうな強張りがはっきりと思い出され、そのたくましさを思い出した肉洞がキユンッと震え、右指に生温かな蜜液を絡みつかせてきた。

「あんッ、うぅン、幸、くん……」

（あぁん、本当にダメよ、こんなこと。幸くんを思い浮かべてなんて絶対にダメ。でもなんで？　幸くんとのエッチを思い出したほうが身体が昂っちゃってる。もう、私を、お義姉ちゃんをこんな気持ちにさせるなんて、ほんと幸くんはイケない義弟なんだから）

幸司に揉まれることを想像して肉房を捏ねまわしながら、遥奈は蜜壺に突き立てた中指を激しく出し入れさせていくのであった。

第四章　牝覚醒した美熟女教師

1

金曜日の午後二時四十五分。六時間目の授業終了まであと二十五分。教室内には生徒がペンを走らせる音だけが聞こえていた。国語、古文の授業。配られたA4ペーパーの上半分には『平家《へいけ》物語』の序文『祇園精舎《ぎおんしょうじゃ》』の原文が印刷され、下半分は空白になっていた。その空白部分に現代語訳を書いていくのだ。

(「承平《じょうへい》の将門《まさかど》」はそのままより「承平の乱の平将門《たいらのまさかど》」って書いたほうが、ちゃんと理解していますってアピールになっていいのかな、やっぱり。だとすれば、そのあとの三つの乱と首謀者《しゅぼう》の名前も同じか。ええと、藤原《ふじわら》、源《みなもと》、藤原、だったよな)

幸司は後半部分に取りかかりつつ、日本史年表を必死に思い出していた。

（でもなぁ、その前段の中国絡みは全然わからないんだよなぁ……日本史のほうだけちゃんと書いたら、あっちはサッパリなことを白状しているようなものか。だったらこっちもそのままのほうがバランスは取れている？　あっ！　そもそもこれ古文の授業だし、現代訳ができていればそこはどっちでもいいのか）

その考えに至るとたんに気が楽になった。本筋とは関係ない部分で悩んでいたバカらしさに苦笑が浮かび、いったん顔をあげた。すると、教室内を歩きまわり、生徒一人一人の解答状況を確認しつつ、適時アドバイスを送っていた香奈子が近くまで来ていた。目が合った瞬間、女教師がちょっと微笑み、幸司の横へとやってくる。

「けっこう進んでるわね」

「は、はい」

解答を読んでいる香奈子に小さく返事をした。ひっつめ髪に銀縁メガネの女教師の顔をチラッと見た幸司の視線は、すぐに目線の高さに戻っていた。ちょうど真横にブラウスを誇らしげに突きあげる乳房の膨らみがきているのだ。

（すごいな、オッパイのところの生地が少し突っ張っちゃってる。ちょっとした拍子《ひょうし》にボタン、弾け飛んじゃいそうだよ）

薄いブルーのブラウスは胸元がパツパツになっており、乳房のボリューム感が如実にあらわれていた。学生ズボンの下では淫茎が鎌首をもたげ、苦しそうな胴震いを起こしてしまう。

（香奈子さん、生徒指導で厳しい先生だけど、エッチな身体をしているのは生徒の共通認識なんだから、もうちょっとオッパイが目立たないブラウス、着たほうが……完全に男子生徒に夜のオカズを提供しているようなものだよな）

週に何度かブラジャー越しの膨らみを揉ませてもらえ、肉厚の唇にペニスを咥え射精させてもらうという栄誉によくしている幸司だが、ほかの生徒へのサービスにも繋がる国語教師の出《い》で立ちには平穏《へいおん》ならざるものを感じてしまうのだ。

「ちょっとペン貸してくれる」

「えっ？　あっ、は、はい」

柔らかな乳肉の感触を思い出しそうになっていた幸司は、突如、鼓膜を震わせた香奈子の囁きにドキッとしてしまった。慌てて乳房から熟女教師の顔へ視線を戻し、手にしていたシャープペンシルを差し出していく。

「ありがとう」

「どこを見ていたの？」とばかりにわざとらしく眉をひそめた香奈子がクスッと微笑

み、手にしたシャープペンで紙の余白に『午後四時、生徒指導室』と流麗《りゅうれい》な字で記してきた。その瞬間、期待に勃起が跳ねあがり、先走りが下着の内側に滲み出す。

「わかったかしら？」

「は、はい」

教師の目で見つめてくる香奈子に、幸司は少し声を上ずらせながら答えた。それに対して熟女は自身の字の横に『ちゃんと消しておいてね』と書き添えペンを返してくると、何事もなかったかのように別の生徒の指導に戻っていった。

（ヤバい、課題、まだ終わってないのに、香奈子さんのお口でしてもらうこと想像したら、もう……優衣さんの膣中に三度も出させてもらったっていうのに、すぐにでも射精したくなっちゃってるよ）

昨夜は処女を捧げてくれた美人女子大生の膣奥に計三度の白濁液を放っていた。三度目の射精を終えたとき、時刻は午前二時近くになっており、さすがにそれ以上は朝からの授業に差し障《さわ》るということで眠りについたのである。

（優衣さんとの次のエッチは期末の成績次第ってことになったけど、僕的には中間の結果がよすぎた感じがしているから、ハードル、高いよなあ。お義姉さんへの裏切りになっちゃうからよくないってわかってるけど、でも……）

優衣との性交は最愛の義姉への裏切り行為。頭では理解していても、思春期少年の性欲は美人女子大生からの魅力的な提案を無碍《むげ》にすることなどできなかった。

「残り十分。チャイムが鳴ったら後ろから前に答案を送ってちょうだい」

いつの間にか教壇《きょうだん》に戻っていた香奈子の言葉に、幸司は一気に現実に引き戻された。慌てて自身の手元を見ると、先ほどからまったく進んでいないことがわかる。

（マズイ、いまはこっちに集中しないとエッチなことをしてもらうどころか、怒られちゃうかも）

幸司はひとつ息をつき、まずは女教師の書きこみを消しゴムで消すと、目の前の古典文学に意識を集中させていくのであった。

2

午後四時ちょうど、校舎地下にある生徒指導室のドアがノックされ、半袖のワイシャツにグレーのスラックス姿の幸司が軽く一礼してから入ってきた。すぐさまドアの鍵を内側からロックし、指導室の中央に置かれているソファへと歩み寄ってくる。

「誰にも見られていないわね」

「はい、大丈夫だと思います。図書館で三十分くらい時間潰してから来ましたし、特に周囲に誰かがいたってことはなかったと思います」

香奈子がソファに座るよう促しながら問いかけると、教え子は大きく頷いてから女教師の正面に腰をおろした。

生徒指導と進路指導の担当である香奈子が、自身で管理している生徒指導室を使うことに問題はない。実際ほぼ連日、生徒との面談を行っているのだ。特にいまの時期は三年生の進路指導相談が多い。しかし、特定の生徒と頻繁《ひんぱん》に会っていることを知られるのはけっしていいことではない。特にその生徒が身内であればなおさらだ。そのため、幸司と会うときには細心《さいしん》の注意を払うようにしていたのである。

(さて、どう切り出すべきかしらね。できるだけ穏便《おんびん》にいきたいところだけど……)

昨夜の優衣との一件、気づかなかったことにしようと一度は思ったが、避妊のこともありやはり話をするべきだと考えを改めていた。もちろん幸司が望んでいるであろう口唇愛撫をしてやるつもりではいるが、それは話が終わったあとのことだ。

「あ、あの、前田先生、なにか気になることでも?」

香奈子の雰囲気に常とは違うなにかを感じ取ったのか、幸司が不安そうな顔で尋ねてきた。その証拠にいつもこの部屋では名前呼びであるのが先生呼びになっている。

（そうね、変に取り繕ったり、ごまかしたりしないほうがいいかもしれないわね）

幸司のほうから切り出してくれたことで、若干心が軽くなった気がする。香奈子は小さくふっと息をつき、まっすぐに正面を見つめた。

「昨夜の優衣との一件、と言えばわかるかしら？」

その瞬間、少年の顔が一気に青ざめ、目が落ち着きなく左右に揺れ動いた。

「勘違いしないでね、別に責めるつもりはないのよ。遥奈とおかしな関係になるよりよほど健全だわ。女子大生と高校生なら年齢的にもおかしくないし。どうせ優衣のほうから誘ったんでしょう」

「えっ、あ、そ、それは……」

「でも、私の家でエッチするとは思わなかったわ。もしかして、家庭教師のあとはいつも？　あっ、でも、それだと遥奈にバレるわね」

脳裏に昨夜聞いた妹の悩ましい喘ぎがよみがえり、腰がゾワッとしてしまった。昨夜は寝室に引き返したあともなかなか眠れず悶々《もんもん》としてしまい、隣で眠る夫に気づかれないよう、久しぶりに自身の指で慰めてしまったほどであった。

「昨日が初めてです。ちゅ、中間テストの結果が入学直後の実力テストに比べてよかったから、そのご褒美で……」

昨夜の逢瀬《おうせ》を思い出しているのか、幸司の頬にうっすらと赤みが差しだした。

(なるほど、そういうことか。確かに幸司くんの成績、国語に関しても入学直後に比べてあがっていたわね。入学直後は五十位台だったのが今回、上位十パーセントには入ってきていたし。そう考えると、優衣ってけっこう優秀な家庭教師なのね)

少年の頑張りが一番ではあるが、女子大生もその職責をしっかりと果たしていることがわかり、姉としては素直に嬉しいものがあった。

(あっ! ということは、もしかして昨日のあれが幸司くんの初体験?)

その考えに至った瞬間、三十路女の子宮に鈍痛が襲った。何度も握り口に咥えていたペニス、それが初めてオンナを知った直後に奇しくも立ち会っていたのだ。

(いつまでも口だけですますわけにはいかないとは思っていたけど、まさか優衣に先を越されるなんて……あっ、そうだわ、いまはそこはどうでもよかったのよ)

「そうだったのね。いつも避妊せずにエッチしているってわけではないのね?」

「もちろんです。僕も優衣さんもその、ゴムとか持っていなくてそれで……昨日は大丈夫な日だからって特別《ふ》に……えっ!? もしかしてそんな前からずっと……」

恥ずかしそうに顔を伏せ囁くように返してきた教え子が次の瞬間、ハッとした様子で顔をあげてきた。その初心な態度に香奈子は思わずクスッとしてしまった。

「あぁ、安心してって言うのもおかしいけど、ちょうどそんな会話を交わしているときに……ねッ。それで、これからもああいうご褒美をくれる話になってるの？」

「いえ、さすがにそれは……期末の成績がよかったらっていう約束はしてもらえましたけど。ちょっとハードル、高いかなって気もしていて……」

「まあ、それは幸司くんの努力次第ね。う〜ん、ということは、私との関係もいままでどおりになりそうね」

「か、香奈子さん、それって……」

「うふっ、なにを驚いているの。今日だってそのつもりでここに来たんでしょう」

顔色がコロコロと変わる少年を可愛く思いつつ、香奈子はソファから立ちあがると膝下丈の紺のタイトスカートをストンッと脱ぎ落とした。すると、ベージュのストッキングに包まれた脚が露出してくる。

「あぁ、香奈子、さん……」

「さあ、なにをしているの、幸司くんも早く準備をしてちょうだい。今日はこれから職員会議があるから、そんなに時間ないのよ」

「は、はい」

ウットリとした眼差しで見つめてくる幸司に、香奈子は薄いブルーのブラウスのボタンに手をかけた状態で促した。すると教え子もソファから立ちあがり、学生ズボンに手をかけ脱ぎおろしていく。次いでワイシャツも脱ぎ捨て、早くも靴下と黒のボクサーブリーフだけの姿となる。

「幸司くんったら、もう大きくしているのね」

ブリーフ前面に浮かびあがる淫茎の盛りあがりに腰をゾワッとさせ囁くと、香奈子もブラウスのボタンを外し脱ぎ捨てた。豊乳を守る薄紫のブラジャーがあらわとなり、すぐさまそこに強い視線を感じる。

「あぁ、香奈子さんの下着姿、何度見せてもらっても本当にすっごい」

「私の下着姿なんて、幸司くんはもう見慣れちゃってるでしょう」

「そ、そんなことないです。いつ見てもほんと、素敵で……あっ、あの、僕がこんなことというのも変だと思いますけど、もうちょっと胸が目立たないブラウスとか着たほうが……いまはそういうのがあるって以前、ニュースで見た気がするので」

陶然とした眼差しで熟女の下着姿を見つめてくる少年にくすぐったさを覚えつつ、からかうような質問をしてみる。すると、どこか切実そうな表情となった教え子が、意外な言葉を返してきた。

「そういえば今日の授業中に、ここ、すっごいエッチな目で見てきていたわね」

香奈子はからかうように返しつつ、右手でブラジャー越しの膨らみをひと揉みして見せた。下着のごわつきの向こうから、確かな量感と柔らかさが伝わってくる。

「す、すみません。香奈子さんのオッパイ、本当に素敵だから、つい……」

頬を赤らめ答えてくる少年に、女教師の胸がキュンッとなった。

「正直、男の子たちからの視線を胸に感じるのは慣れっこな部分もあるのよね」

胸は学生時代から大きかったため、不快感を覚えることも多いが男性からの視線には慣れていた。特に教師になって以降は思春期の少年を相手にしているため、ある程度は仕方がないと割り切っている部分もある。正直に言えば、成人男性、特に中年以降の男性からのネチっこい視線には嫌悪《けんお》を覚えるものの、男子高校生の視線は強い欲望と同時に憧憬《どうけい》も感じ、可愛いとすら思えることがあるのだ。

「そ、そうかもしれませんけど、でも……」

「なぁに、幸司くん、もしかして嫉妬《しっと》してるの？　僕だけのオッパイなのにって」

幸司の態度が非常に幼く可愛く思え、つい意地悪なことを言ってしまった。

「いや、嫉妬っていうか……あっ、あの、ぼ、僕だけじゃないんですか？　僕以外にも誰か香奈子さんのオッパイに触っている生徒が……」

「バカね、いるわけないでしょう。遥奈の義弟であり私にとっても弟同然、身内の幸司くんだからこそじゃないの。それに、厳しい生徒指導で知られている私にそんな大胆なことしてくる、言ってくる生徒がいると思っているの？」

　明らかに嫉妬の感情とわかるほどに焦った態度を取った少年に、香奈子はおかしそうに笑ってしまった。過去、生徒からラブレターをもらったことは何度かあるが、当たり前のことながら、特別なことはなにもなかった。

「いや、そうかも、しれませんけど……」

「そんな不安そうな顔しないの。仕方ないわね。今日はいつもとは違うことをしてあげるわ」

　まだどこか不安そうな表情の教え子に、香奈子は優しく微笑みかけると両手を背中に回し、ブラジャーのホックを外してしまった。

「えっ！　かっ、香奈子、さん？」

「うふっ、本当に特別よ」

　驚きに両目を見開く幸司に頷き返し、ゆっくりとストラップを肩から抜き去った。タプタプと揺れながら双乳があらわとなる。重力に逆らうように突き出した砲弾状の膨らみ。薄茶色の乳暈の中心に、少し大きな焦《こ》げ茶色の乳首が乗っかっている。外したブラジャーはソファに放り投げた。これで香奈子は、ストッキングとブラジャーとペアになった薄紫のパンティだけの姿だ。

「す、すごい、香奈子さんのオッパイが丸見えに……なんて大きいんだ」

陶然とした表情となった幸司が、両手で股間をギュッと押さえていた。

「幸司くんもパンツ、脱いでくれないと、なにもできないわよ」

「あっ、は、はい――あっ、あの、き、今日は、ナマのオッパイ、触らせてもらってもいいんですか？」

ハッとした様子で慌てて黒のボクサーブリーフを脱ぎおろした少年が、熱い眼差しを乳房に這わせたまま尋ねてくる。靴下だけの裸となった教え子の股間では隆々《りゅうりゅう》とそそり立ったペニスが裏筋を見せつけていた。そのたくましさに香奈子の腰がぶるっと震えてしまう。子宮には疼きが走り、背徳の淫蜜が股布に滴りはじめた。

「あんッ、すっごい。もうそんなに大きくしちゃってるなんて」

「だ、だって、香奈子さんのオッパイ、ナマで見るの初めてだから、僕……」

「なぁに、そんなにこのオッパイに触りたいの？」

肉体の昂りを意識しつつ、香奈子は見せつけるように両手でたわわな肉房を揉みあげた。どこまでも柔らかく指が沈みこみそうな乳肉。そこから伝わるかすかな愉悦が背筋を駆けのぼっていく。

（あぁん、昨夜の件がまだ尾を引いているのかもしれないけど、私、すっごくエッチな気持ちになってる。学校でブラまで外すなんて、ガードをさげすぎよ）

完全に少年を誘う態度となっていることに戸惑いを覚える。ひと月以上もセックスから遠ざかっていることで、淫欲が止めどなく湧きあがってくるようだ。

「触りたいです。許されるなら直接、香奈子さんの、みんなが注目している前田先生の大きなオッパイをこの手で……」

「触らせてあげるわ。でも、手じゃなく、別のところでね」

切なそうな顔で右手をこちらに差しのばしてくる教え子に艶然と微笑みかけ、女教師は幸司の前にすっとしゃがみこんだ。

「別の、ところ？」

「そうよ。うふっ、すごくエッチな匂いさせちゃって、真面目な幸司くんのここはとってもいけない子ね」

たくましい屹立。張りつめた亀頭から漏れ出す先走りの香りに柔襞が蠢き、さらなる蜜液がパンティクロッチを濡らしていく。確実に性感が煽られているのを意識するなか、香奈子は右手をそそり立つ肉槍に絡ませた。指腹を焼く熱さと、驚くほどの硬さにまたしても腰が震えてしまった。

「うはッ、あぁ、香奈子、さん……」

「幸司くんのこれ、ほんといつ触ってもとっても硬くて熱いわ。さあ、オッパイ、楽しんでちょうだいね」

上目遣いに見つめたままにじり寄った女教師は、右手に握る強張りを豊かな胸の谷間へと導いていった。

「か、香奈子さん、そ、それって……ンはっ、あぁ、はっ、挟まってる！　僕のが香奈子さんの大きなオッパイに、呑みこまれちゃってるぅぅぅ……」

「あん、硬いわ。私のお乳が幸司くんのオチ×チンの熱で溶かされちゃいそうよ」

（本当になんて硬さと熱さなの。それに、胸の谷間に挟んだことでエッチな匂いがさらに強く……ダメ、この匂い嗅いでいるとあそこのムズムズがさらに……）

豊かな乳肉ですっぽりと勃起を包みこんだ香奈子は、その熱量と硬度はもちろんのこと、自身の胸の谷間から立ち昇る若い牡の性臭に鼻腔粘膜がくすぐられ、刺激を欲する肉洞の疼きがいっそう激しくなっていた。

「あぁ、すっごい！　柔らかくって温かい感触がモロに……こんなことしてもらえるなんて、信じられません」

「じゃあ、やめる？　いつもみたいに手とお口にしましょうか」

「あっ、そ、それは……オッパイでお願いします」

「うふっ、わかったわ。じゃあ、今日は私のオッパイ、楽しんでね」

幸司の素直な態度に好感を持ち、香奈子は両手を豊満な肉房の左右に這わせ、上半身をゆっくりと上下に動かした。熱い強張りが乳肉とこすれ合うとそれだけで背筋にさざなみが駆けのぼっていく。さらにピョコ、ピョコッと顔を覗かせる亀頭が放つ牡臭が鼻の奥を刺激し、熟女の淫欲をいっそう煽り立ててきた。

「くッ、あぁ、気持ちいい……香奈子さんの大きくて柔らかいオッパイでこすられると、いつもより刺激、優しいのに、すっ、すぐに、出ちゃいそうだよ」

「いいのよ、出して。言っておくけど、旦那にだってほとんどしないんだからね」

結婚前、付き合いだした頃には何度かしていたパイズリ。だが、夫は乳房への興味がさほどなかったため、いつしかしなくなっていたのだ。

「えっ!?　そうなんですか？　こんな気持ちいいのに、もったいない。僕だったら毎日でも、何回でもしてほしいのに」

「幸司くんに喜んでもらえて、久しぶりにした甲斐があったわ。でも、出る前にはちゃんと教えてね。職員会議に幸司くんの濃いの、髪の毛につけていけないんだから。だから最後はいつもみたいにお口でゴックンしてあげるから、ねッ」

悩ましく細めた瞳で教え子を見あげ艶っぽく囁くと、香奈子は柔らかな乳房を両手で揺さぶるようにした。漏れ出した先走りが肉竿を伝って谷間を濡らし、チュッ、クチュッと小さな摩擦音を立てはじめる。

「わ、わかりました。絶対、くぅ、言います。あぁ、それ、いい。柔らかいオッパイで、僕のが揉みくちゃにされて……はぁ、すっごい」

「あんッ、わかるわ。幸司くんの硬いのが胸の間でピクピクしているのが、オッパイから伝わってきてる」

(ヤダ、私のあそこのウズウズもさらに高まってきてる。胸でしていてこんな感覚になるの初めてだわ。それだけ私の身体がエッチを欲しているってことよね。今夜は絶対あの人に抱いてもらわないと、ほんとどうにかなっちゃいそうだわ)

秘唇の疼きが激しさを増し、蠕動する柔襞から圧し出された蜜液で薄布がぐっしょりと濡れていることを自覚する香奈子は、今夜こそなにがなんでも夫に抱いてもらおうと心に決めた。その強い思いを示すかのように、胸の谷間で胴震いを繰り返す少年の肉槍をさらに揉みくちゃにしていく。

「うわっ、は、激しい……そんな急に強くされたら、あぁ、僕、もうすぐ……」

腰を激しく突きあげた幸司が両手を人妻の肩にのばし、ギュッと握りこんできた。

「あんッ、ダメ、そんな強く肩摑まれたら、痛いわ」

少年の絶頂の近さを示すような力強さに、思わず苦言を呈《てい》してしまう。

「あっ、ごめんなさい。でも、ほんと、僕、はぁ、もう、出ちゃいそうです」

ハッとしたように慌てて両手の力を抜いた幸司が、かすれた声で訴えてきた。

「じゃあ、そろそろお口に……だからそれまでは我慢してね」

教え子を見あげて念を押し、乳房からペニスを解放しようとしたまさにそのとき、カチャッという音が鼓膜を震わせた。扉のロックが解錠《かいじょう》された音、脳がそう理解した直後、生徒指導室のドアが廊下側から開けられた。

「えっ⁉」

あまりに予想外の展開に、香奈子は完全にフリーズしてしまった。チラリと見た幸司の顔にも恐怖が浮かんでいる。覚悟を決めドアのほうに視線を向けた人妻は、そこに立っている人物を見て愕然とした。

「はっ、遥、ナ……」

自分のものとは信じられないほどひび割れた声が紡《つむ》ぎ出された。

（なんで遥奈が急にここに……いきなり鍵を開けて入ってきたということは、私と幸司くんが二人でいることを知ってということよね。そして、なにかしらを疑って……

もしかして、何度もここで二人で会っていることを気づかれていた？）

生徒指導室の鍵は全部で三本。一本は職員室に置かれ、二本を生徒指導担当の香奈子が管理しているのだが、その内一本を分散管理名目で妹の遥奈に託していたのだ。おそらくその鍵を使ったのだろうが、理由もなく使用中の部屋に乱入してくるとは思えない。だとすれば二人の関係を怪しんだ結果ということになるだろう。

（だったら、言い訳は無意味ね。優衣と違って、押しがあまり強くない遥奈に対しては開き直っちゃったほうが事は荒立たないか。一種の賭けだけど、可愛いく思ってる幸司くんへの影響を考えるでしょうし、このまま押し切るしかないわね）

一時の衝撃から立ち直った香奈子は、三姉妹一の美貌を誇る上の妹の性格を見極《きわ》めつつ、大胆に振る舞っていくことを決めた。


「えっ⁉　あッ……お、おねえ、さん……」

熟女教師の声にビクッと身体を震わせた幸司がおそるおそる振り返ると、そこには非常に険しい表情の兄嫁が腰に手を当てて立っていた。

グレーの膝丈スカートに同色のジャケット。ジャケットの内側には白い丸首ブラウスの義姉は、その美貌と相まってファッションモデルかというくらいに決まっている。

だがいまはその美しさを楽しんでいる余裕などまるでない。射精寸前であったペニスは急速にその勢いを失い、香奈子の豊乳からこぼれ落ちてしまっていた。

（なんでお義姉さんがここに……香奈子さんとのことは話しているし、お口までならいいって……なのになんで？　なにか緊急な要件でもあったのかな？）

「いったい私の義弟を相手になにをしているんですか、前田先生」

チラッとこちらに視線を向け一瞬微笑んだよう見えた遥奈が、改めて内側から部屋をロックし、上半身裸、下もストッキングとパンティだけという姿の先輩教師に向き合うと詰問口調で問いかけた。

「使用中の指導室に断りもなく入ってくるなんて、あまり褒められたことじゃないわよ、里見先生」

挑発的な遥奈の言葉に、いままで幸司の前にしゃがみこみ呆然としていた香奈子がなにかを吹っ切ったかのような不敵な笑みを浮かべて立ちあがった。砲弾状の熟乳がユサユサと揺れ、おとなしくなった淫茎が一瞬、ピクッとなる。

「お、お義姉さん、あの、ご、ごめんなさい、僕……」

（お義姉さんがどういうつもりか知らないけど、怒ってるんだよね）

許してくれていたはずの行為中に入ってきたということは、なにか兄嫁の気に障るところがあったということだろう。それだけに、オロオロとしてしまう。

「幸くんはちょっと黙っていて。姉さん、ほんとにどういうつもり?」

「どうもこうもないわ。諸般《しょはん》の事情による特別補習ってところよ。悪いけど遥奈、まだ補習中なの。出ていくか、終わるまでそこで黙っていてちょうだい。ごめんなさいね、幸司くん。あら、やっぱり小さくなっちゃったわね。せっかく出る直前だったのに……いいわ、すぐに大きくしてあげるから」

遥奈を逆に挑発するような言動を取った香奈子が再度、幸司の前に膝立ちとなり、すっかり消沈《しょうちん》しているペニスを再び握ってきた。

「あっ、いや、あの、か、香奈子、さん」

大好きな兄嫁がそばにいる状況に、幸司は完全に狼狽《うろた》えてしまっていた。それでも三十路妻の指に握られた淫茎はあっという間に硬度を取り戻してしまう。

「ちょ、ちょっと姉さん、この期《ご》に及んで私の幸くんになにをするつもりなの」

なにかの思惑《おもわく》があって乗りこんできたのであろう遥奈が、まったく意に介した様子もなく幸司への性奉仕を再開しようとした姉に慌てたような声を出した。

「幸司くんはなにもあなたのモノではないでしょう。遥奈の義弟ということは、回りまわって私の弟でもあるんだから。勉強に支障《ししょう》が出ないようサポートしてあげるのも姉の務《つと》めよ。待たせてごめんなさいね、幸司くん。最後はいつもどおり私のお口に。そうだ、今回は手をここにどうぞ」

艶然とした笑みを浮かべた熟女教師が幸司の右手首を摑むと、そのまま たわわな左乳房へと導いてくれた。手のひらをいっぱいに広げてもとうてい覆いきれない豊かな膨らみの蕩ける柔らかさがありありと伝わってくる。

「あぁ、香奈子さんのオッパイ……柔らかくて気持ちいい」

「いいのよ、揉んで。こっちもちゃんとお世話してあげますからね」

自然と愉悦の声を漏らしてしまった幸司を上目遣いに見つめてきた香奈子が、肉厚な唇を一気にペニスに接近させ、なんの躊躇《ためら》いもなくパクンッと咥えこんだ。

「ンはっ、あぅ、あぁ、か、香奈子、さん……」

遥奈の存在に気が気でない思いの幸司だが、先ほど絶頂寸前まで圧しあげられていたペニスを襲う艶めかしい喜悦に激しく腰が跳ねあがった。口腔内の強張りがさらに膨張し、粘度を増した先走りが亀頭に絡みつく香奈子の舌に舐め取られる。

(あぁ、ヤバい、もう出ちゃう。お義姉さんに見られているのに、僕……)

本能のまま右手でありあまる乳肉を揉みこみつつ、左手が国語教師の右肩を軽く摑んでいた。睾丸が迫りあがりこらえがたい射精感が押し寄せてきている。

「嘘、姉さんが本当に幸くんのを口に……」

ジュポッ、ジュポッと音をさせ幸司の強張りを朱唇《しゅしん》でしごきあげる姉の姿に、遥奈は気圧されるものを感じていた。

(本当に幸くん、姉さんに口でしてもらっているのね。わかっていたけど、実際に目の当たりにすると……昨日の秀一とのエッチが中途半端に感じたからって私、いったいなにをしているのよ)

子宮がキュンッとなり、腰がゾクリと震えてしまった。

放課後、幸司が階段を地階へとおりていく姿を偶然見かけたとき、香奈子との口唇逢瀬であることは容易に察することができた。だがその瞬間、モヤッとした感情が沸《わ》き起こったのだ。それは予想もしていなかった感覚。

前夜、久々に夫に抱かれたものの思ったほどの満足はなく、一人シャワーを浴びながら義弟との行為を想像し自慰までしてしまっていた。その妄想の相手が自分以外の女性と淫戯に耽《ふけ》ることに、どうしようもない悔しさを覚えてしまったのだ。そのため預かっていた生徒指導室の鍵を使って、衝動的に乱入してしまったのである。

「はぁ、出ちゃう。僕、もう、本当に……あぁ、お義姉さん、ごめんなさい。僕、香奈子さんの、前田先生のお口に……」

兄嫁の存在を気にしつつも、性の快感には抗えない様子の少年の切なそうな瞳が遥奈の母性をくすぐってくる。

「ダメよ、幸くん、まだ出さないで。私が、お義姉ちゃんがしてあげるから。悪いけど姉さん、そこ変わって」

遥奈はとっさに口走ると義弟のペニスをしゃぶる姉の横に膝をつき、半ば強引に香奈子を押しやった。

「ンぷっ、ちょ、ちょっと、遥奈」

「あ、あの、おねえ、さん？」

幸司のペニスを傷つけない配慮もあったのだろう、香奈子はあっさりと強張りを口腔内から解放してきた。突然の義姉の行動に、義弟も戸惑いの声をあげてくる。

「幸くん、私がしてあげるから。だから、姉さん、前田先生のお口じゃなくて、私に幸くんのミルク、ちょうだい」

（ほんと私、なにやってるのよ。学校で……姉さんの前でこんな……でも、ダメ、身体が幸くんを求めちゃってる。もう！　昨夜、秀一がちゃんと満たしてくれていればこんなことにはならなかったのに）

熟女の唾液と先走りで卑猥なテカリと性臭を放つ肉槍に右手をのばすと、その熱く硬い肉竿を握りこんだ。それだけで子宮が疼き、淫らな蜜液を滴らせてしまう。

「ンはっ、お、お義姉さん……」

「硬いわ、幸くんのこれ、それにすっごく熱い。待ってね、すぐにお義姉ちゃんがしてあげるからね」

ビクッと身体を震わせた義弟に優しく微笑みかけ、遥奈は張りつめた亀頭にふっくらとした唇を近づけた。ツンッと鼻の奥を衝く性臭が強くなり、切なそうにヒップが揺れてしまう。唇を開き、パクンッと亀頭を咥えこむ。そしてそのまま、スーッと肉竿を口腔内へと迎え入れた。

「う、嘘……学校で、お義姉さんがぼ、僕のを……」

「遥奈、あなたなにを考えているの。幸司くんは秀一さんの弟なのよ。それなのに……あぁ、あなたと幸司くんがこんなことにならないために私は……」

(姉さんだって政夫さんがいるのに幸くんに手を出したんだから、私のことは言えないはずよ。それに勉強に支障が出ないようにサポートするのが姉の務めなら、私がすべきコトなんだから、文句を言われる筋合いはないわ)

義弟の愉悦に蕩けた声と、姉の嘆《なげ》きにも似たうめき。その二つが同時に鼓膜を震わせた。幸司の声には頬を緩ませ、香奈子の文句には内心で開き直った反論をしつつ、遥奈はゆっくりと首を前後に動かした。

　ギュッ、ギュプッと摩擦音を立て、雄々しい肉槍が口腔内を往復してくる。ビュッと噴き出した精液に近い先走りの苦みとえぐみが、夫の性交では満たされなかった若妻の肉体を疼かせる。自然と太腿同士をこすりつけ合ってしまう。パンティが微妙によじれ秘唇にかすかな刺激が送られると、それだけで背筋をゾクリッとした愉悦が駆けあがり、快楽中枢がさらなる刺激を求める信号を柔襞に送りこんでくる。

（欲しい！　秀一には悪いけど、幸くんのこれでまた膣中を……でも、いまはダメ。姉さんの前でそこまでのことはできないわ。まさか義弟の、高校生の男の子のオチ×チンを夫のモノより望むことになるなんて……）

　久しぶりに夫婦で愛し合った結果、遥奈の中で明らかとなった現実。だがそれをいま、姉の前で口にすることはできない。そのため、突きあがる欲望を懸命にやりすごし、愛情をこめて少年の硬直を唇でこすりあげていった。

「あぁ、お義姉さん、ダメだよ。僕、ずっと我慢してたから、す、すぐに……」

（いいわ、出していいのよ。私が全部、ゴックンしてあげるからね）

　両手を義姉の髪に絡ませ腰をくねらせる少年を遥奈は上目遣いで見つめ、さらに激しく首を振った。粘つく淫音がその間隔を短くしていく。口腔内の強張りが小刻みに跳ねあがり、味蕾《みらい》に感じる先走りの質や味が確実に濃くなっているのがわかる。

「出すよ、僕、もう……お義姉さんのお口に、でッ、出ッるぅぅぅぅぅッ！」

その瞬間、幸司の両手が遥奈の頭をガッチリ押さえこんできた。直後、口腔内で亀頭が弾け、欲望のエキスが猛烈な勢いで喉奥を直撃してくる。

「ンぐっ！　むぅ、ぅぅぅ……ぅぅン、コクッ……うンッ、コクッ……コクッ……」

コッテリ濃厚な白濁液を苦しげなうめきをあげ、少量に分け嚥下していった。

（す、すごい。あぁ、幸くんのミルク、昨夜、秀一に出されたモノよりもずっと濃くって量も多いわ。ダメ、身体がこれ、欲しがってる。でも、いまここでは……）

肉洞の疼きが高まり、禁断の強張りを欲する思いが強まっていく。それを必死にこらえ、遥奈は義弟の残滓《ざんし》を吸い取っていった。

「はぁ、ごめん、お義姉さん、僕……くぅぅ、そんな吸い出さないで、あぁぁ……」

「の、飲んでるのね、遥奈。あなた、幸司くんの、義弟の精液を本当に……」

幸司の愉悦の声と香奈子のかすれ声が、心地よく脳内に響いてくる。

「ンぱぁ、はぁ、ハア、あぁ……ぅぅん、とっても濃くって、量も多いからビックリしちゃったわ。気持ちよかったかしら、幸くん」

「うん、最高だったよ、お義姉さん。ありがとう。まさか、学校でこんなことしてもらえるなんて……」

ペニスを解放し上気した顔で見あげると、恍惚顔の幸司がウットリと返してきた。

「それはよかったわ。このつづきは来週、幸くんがウチに帰ってきたときに、ねッ」

昂る肉体をなだめつつ立ちあがると、陶然とした義弟にチュッとキスをした。

「おっ、おねえ、さん……」

すでに肉体関係を持っており、来週、夫が赴任先に戻り幸司が帰ってくれば再び身体を許すことは確実。しかし、なにも知らない香奈子の前でそれを口にしたことに、義弟の目が見開かれた。その顔からは若干の戸惑いも見て取れる。

「遥奈、あなた」

「言わないで、姉さん。お願いだから、なにも言わないで」

グラマラスな肉体をさらしたまま複雑な表情を浮かべている姉に、遥奈は静かに首を振るのであった。

(まさか、香奈子さんの前でお義姉さんに口でしてもらえるなんて……それに、エッチを誘うようなあのセリフ。お義姉さん、兄さんとなにかあったのかな？　さっきの電話ではそんな感じしなかったけど)

3

午後十一時すぎ。幸司は前田家一階の和室に敷かれた布団に横たわり、昼間の一件と午後十時すぎに携帯にかかってきた電話のことを思い出していた。

メールやメッセージアプリはなにかの拍子に誰かに見られるリスクがあるため、性的関係を匂わせることはいっさい記さないことにしていた。本来なら誰かに聞かれる可能性のある電話も避けるべきだが、兄の入浴中にかけてきた兄嫁と少しツッコんだ会話を交わしてしまったのだ。

『今日はごめんなさいね。私たちのこと姉さんにバレる可能性もあったのに、幸くんが地下におりていくのを見かけて、焼き餅妬《や》いちゃったわ』

その瞬間、胸が締めつけられ、義姉への想いをより強く意識することとなった。

『僕だって悔しいよ。だってお義姉さんは兄さんと……』

『それは言わないで。でも来週、こっちに戻ってきたときには、ねッ。正直、私も幸くんとするの楽しみなんだから』

『あぁ、お義姉さん』

『あっ！　秀一が出てくるわ。それじゃあ、明日、向こうのご実家でね。おやすみ』

『はい、おやすみなさい』

短い通話を終えたとき、幸司の股間は正直にいきり立ち、パジャマズボンの内側で身じろぎしていたのである。

(昨日は隣に優衣さんがいて大切な初めてをくれたけど今日は……)

五畳の和室に布団はひと組であり、幸司は一人きりだ。明日は午前中に実家に戻り久しぶりに両親や兄と会うことになっている。大好きな遥奈と肉体関係を築《きず》けたことで、兄に対する羨望の思いが強まっているためできれば会いたくないのだが、ふだん兄夫婦の家に居候をさせてもらっている身としてはそうもいかない。

(はぁ、オナニーしてから寝ようと思ったけど、なんか虚《むな》しくなりそうだし、今日は昼間お義姉さんのお口に出させてもらっているからいいか。クソッ！　いまごろ兄さんはお義姉さんのあの素敵な身体を……って、こんなこと考えてるからよけい虚しくなるんだろうが。本当にもう寝よう！)

油断すればすぐに湧きあがってきそうな背徳の妄想。首を激しく左右に振ってその思いを弾き飛ばすと、幸司は布団を頭まで被りギュッと目を閉じた。

悶々とした気持ちを抱えること数分。トン、トンッと襖が叩かれる音が聞こえた。

「幸司くん、もう寝ちゃったかしら」

「あっ、いえ、大丈夫です。なにかあったんですか」

香奈子の控えめな声かけに反応し、幸司は改めて布団の上に上半身を起こした。直後、ゆっくりと襖が開けられパジャマ姿の三十路妻が和室に入ってきた。香奈子はすぐに襖を閉じ、密室状態を作りあげてくる。

「ごめんね、寝ようとしているところに」

「いえ、それはかまいませんけど、いったいどうしたんですか？」

畳に置かれていたライトスタンドを点《つ》け部屋をほのかに明るくした幸司は、申し訳なさそうな顔をしている人妻に改めて問いかけた。和紙製円柱から漏れる柔らかな光に照らされた香奈子の顔は、どこか愁《うれ》いを帯びドキッとするほど悩ましかった。

「こんなこと、いい年したオバサンが高校生の男の子に対して言うのも恥ずかしいんだけど、もとはと言えば幸司くんにも責任があることだし……」

「は、はい」

畳の上に正座をし、まっすぐにこちらを見つめてくる人妻の要領を得ない言葉に、幸司はいぶかしさを覚えながら曖昧《あいまい》な相槌《あいづち》を打った。

「も、もし、イヤでなければ私と、その……さ、最後まで、あの、ひっ、昼間のつづき、してみない」

「えっ!?　──あっ、あの、香奈子、さん、そ、それって……」

（そういうことだよな。つまりはエッチを……セックス、させてくれるっていう。でも、どうして僕に？　政夫さんがいるんだから、普通はそっちに頼むんじゃ）

あまりに突然の、そしてまったく予想していなかった言葉を投げかけられ、幸司は一瞬、キョトンッとしてしまった。しかし直後、言葉の意味を理解するとたんに声が上ずり、戸惑いで視線が左右に揺れ動いてしまう。

「え、ええ、わ、私と最後までエッチをしてくれないかなって……」

さすがに恥ずかしいのだろう、香奈子の顔面は真っ赤に染まっていた。伏せられた瞳が艶めきを生み、色気にあてられた幸司の背筋がゾクッとしてしまった。

「かっ、からかってます？　そ、そういうことは政夫さんと……」

「誘ったのよ。でも『疲れているから』って断られちゃったの。だから、こんな三十すぎのオバサンの相手で申し訳ないんだけど、もし幸司くんさえよければ……」

「香奈子さんはオバサンなんかじゃないですし、もし本当にそんなことができるのなら大歓迎ですけど……でも、政夫さん、大丈夫なんですか？」

伏せていた顔をあげ潤んだ瞳で切なそうに言われると、高校生の理性など簡単に崩《ほう》壊《かい》してしまう。特に自慰に虚しさを覚え回避したばかりなのだからなおさらだ。

「大丈夫よ。今日は別に海外とのやり取りはないみたいでもう寝てるわ。だから安心してちょうだい。ありがとう、幸司くん」

優しくも艶やかな笑みを浮かべた熟女はそう言うと、膝立ちでにじり寄ってきた。そして、チュッとキスをしてくれたのだ。

「か、香奈子さん……」

柔らかな唇の感触と、鼻腔をくすぐるシャンプーやボディーソープ、そして少しエキゾチックな香奈子自身の香りに一気に恍惚感が増し、ペニスが漲ってきてしまう。自然と左手が人妻の右肩に、右手がパジャマを突きあげる乳房へと這わされた。温もりとともに得も言われぬ柔らかさが右手いっぱいに広がってくる。

「あんッ、幸司、くンッ」

「すごい……やっぱり香奈子さんのオッパイ、すっごく大きくって柔らかいです」

「いいのよ、触って。今夜は私も幸司くんのこれで気持ちよくしてもらうんだから」

ウットリとした気持ちで右手に感じる柔らかな感触を揉みこんでいると、メガネを外し髪もほどいた香奈子が艶然と微笑み、右手を幸司の股間に這わせてきた。パジャマズボンの下で臨戦態勢を整え終えていたペニスがギュッと握りこまれる。

「あッ、くっ、か、香奈子、さん……」

「あぁん、硬いわ。昼間、遥奈の口にいっぱい出したのに、もうこんなに……」

「はぁ、そんなふうに優しくこすられたら僕、す、すぐに……」

人妻の指でパジャマ越しの強張りを妖しくこすられた瞬間、幸司の腰がぶるぶるっと震え、肉竿が激しく跳ねあがった。

「あぁん、それはダメよ。今回は私が気持ちよくしてもらいたいんだから。さあ、私も脱ぐから、幸司くんも裸になって」

パッと硬直から手を離した香奈子が淫靡に潤んだ瞳で見つめながら、再びその場に立ちあがっていく。

(まさか香奈子さんにこんなエッチな一面があったなんて……またお義姉さんを裏切ることになっちゃうけど、やっぱり我慢できないよ)

厳格な女教師と同一人物とは思えないほどの色気を放つ熟女に、幸司は圧倒されるものを覚えていた。兄嫁に対する後ろめたさはあるものの、思春期真っ只中《ただなか》の男子高校生としては、このような機会を見逃せるはずもない。

「ほら、どうしたの。早く幸司くんのたくましいオチ×チン、私に見せて」

「は、はヒぃ、す、すぐに」

パジャマのボタンに手をかけた人妻の艶めかしさに声を裏返らせた幸司は、慌てて立ちあがりせわしなくパジャマを脱ぎ捨てた。その様子にクスッと微笑み、香奈子もパジャマを脱ぎ、パンティ一枚の姿をさらしてくれたのである。

「あぁ、香奈子さん、綺麗だ。それに、そのパンティ、すっごく色っぽい」

三十路妻の薄布は煽情的なワインレッドであり、押し潰された陰毛が丸見えになるほどに透けていた。お堅《かた》い女教師の生々しいオンナの部分を垣間見たような背徳感に背筋が震え、下腹部に張りつきそうなペニスが小刻みな胴震いを起こす。

(政夫さんを誘ったたっていうさっきの話、きっと本当なんだ。香奈子さんはエッチをする気満々《まんまん》だったのに断られちゃったんだ。だから、僕のところに……)

香奈子が幸司に対して嘘をつく理由はないが、わざわざ教え子のためにセクシーな下着を穿く理由はもっとないだろう。それだけに、先ほど聞かされた夫婦のやり取りがいっそうリアルに感じられる。

「幸司くんのもたくましくて素敵よ。ねえ、いまだけは思いきりエッチになっちゃってもいいかしら？」

「は、はい、もちろんです。エッチな香奈子さんをいっぱい見せてください」

すでにふだんよりも悩ましさを醸《かも》し出している香奈子の言葉に、幸司は上ずった声で返事をした。

「うふっ、ありがとう。じゃあ、最後の一枚は幸司くんの手で脱がせてくれる」

「よ、喜んで」

妖艶さを増した人妻の言葉に頷き返し、幸司は熟女教師の前で膝立ちとなった。スケスケの陰毛に生唾を飲みこみ、両手を熟腰へとのばしていく。小刻みに震える指先でパンティの縁を摘まみ、ボリューム満点の双臀から剝くように引きおろした。

押し潰されていたヘアがふわっと盛りあがるように復活した。それは兄嫁と同じデルタ形であり、遥奈の繊毛《せんもう》と比べ少しごわつき感がありそうな見た目をしている。

「そうよ、そのまま足首までおろして」

「わ、わかりました」

ムッチリと脂の乗った太腿を撫でるようにパンティを脱がせていった。足首までズリさげると、熟女教師が片脚ずつをあげ薄布を完全に身体から切り離す。

「き、綺麗です、香奈子さんの裸。ほんと、すっごく色っぽくて、僕……」

（ヤバい、香奈子さんのエッチな匂い、お義姉さんや優衣さんよりも強めかも。なんか、この香りを嗅いでいるだけで頭がクラクラしちゃいそうだよ）

上半身裸のトップレスは昼間、生徒指導室で拝《おが》ませてもらっていたが全裸の破壊力は別格だ。さらに、ツンッとした牝臭が鼻腔の奥を刺激していた。いままで触れてきた遥奈、優衣よりも芳醇《ほうじゅん》そうな香りに触発されたペニスが跳ねあがり、トロッとした先走りが鈴口から滲み出す。

「ありがとう。そう言ってもらえると、お世辞《せじ》でも嬉しいわ」

「そんな、お世辞なんかじゃありません。本当に香奈子さんの裸、綺麗です。こんな素敵な身体でエッチさせてもらえるなんて、もうそれだけで、僕……」

上気した顔で見あげてくる少年のまっすぐな眼差しに背筋が震え、同時に刺激を欲する肉襞が妖しい蠕動を繰り返し、完熟の淫蜜が秘唇からこぼれ落ちた。下着という最終防波堤はすでになく、溢れ出した蜜液はそのまま内腿に垂れていく。

（あの人に断られたから短絡的に幸司くんのところに来ちゃったけど、こんな熱い目で見つめられたら私、ますますたまらない気分になっちゃう）

日中の生徒指導室での一件。パイズリ途中に遥奈の乱入を受けた上に義弟にフェラチオをする妹の姿を目の当たりにし、三十路女の性感はどうしようもない昂りを見せていた。さらに夫からの性交拒否で積もり積もっていた性的欲求がついに限界を迎え、預かっている少年を尋ねるという教師にあるまじき暴挙《ぼうきょ》に出てしまったのだ。

（昨日はここで優衣が幸司くんとエッチしていたのよね。そして今夜は私が……来週末にはきっと遥奈も……三姉妹揃ってこの子に抱かれることになるのね）

生徒指導室での妹の言動から、来週、遥奈の夫である秀一がアメリカに戻り幸司が向こうの家に帰れば、禁断の義姉弟相姦を犯すことは確実だろう。もともと義姉弟で間違いを犯さないようにという思いではじめた少年への性奉仕。それがまったくの無駄になることが確定のいま、香奈子は自分の欲望を満たすだけの行動に出ている己の淫蕩さをはっきりと自覚することができた。

「ダメよ、まだなにもしてあげてないんだから。出すのなら、昨日の優衣と同じように私の膣奥に、ねッ」

「お、膣奥って……ひ、避妊は……昼間、優衣さんの件では注意されたのに……」

（あんッ、当然の反応よね。自分から中出しをおねだりするなんて、いくら大丈夫な時期だからって大胆すぎる。がっつき具合に引かれちゃいそうだわ）

素直な反応を微笑ましく思うと同時に、女盛りを迎えようとする肉体の淫らさには羞恥を覚えてしまう。

「ちゃんと覚えていて偉いわ。でも、大丈夫よ。私、優衣と生理周期が近いのよ。だから、いまは……でも、その前に少しだけ、私のあそこ、舐めてくれるかしら？」

「もちろんです。そんなことまでさせてもらえるなんて、感激です」

パッと顔を輝かせた幸司を可愛く思いながら布団に座ると、香奈子は両手を尻の少し後方について上体を支えた。その体勢で膝を立てM字開脚していく。すると少年がすぐさま開かれた人妻の脚の間に腹這いとなった。

「あぁ、すごい、これが前田先生、香奈子さんのあそこ……ゴクッ、うっすら濡れていてエッチな匂いがしてます」

「あぁん、そんな恥ずかしいこと言わないで。それと、いまわざと前田先生って言ったでしょう。いけない子なんだから」

濡れた淫裂を見られる羞恥をごまかすように少しすねたような声を出し、幸司の頭を右手でポンッと軽く叩いた。

「ご、ごめんなさい。ほんとに舐めていいんですよね」

「ええ、お願いするわ。それと、あまりジロジロは見ないで。優衣のと比べられたら形も崩れちゃってるしグロテスクだろうから、すごく恥ずかしいわ」

（私ったら、なにを言ってるのよ。三十すぎの人妻のあそこを二十歳そこそこの女子大生と自分から比べようとするなんて……）

自身の口をついて出た意外な言葉に、全身が燃えるように熱くなった。

「そ、そんなことはないです。香奈子さんのここもすごく綺麗だし、それに、ずっとエッチな感じがしていて、僕、もう……チュッ、チュパッ……」

火照った顔をこちらに向け首を振った少年が次の瞬間、顔を股間に埋め淫裂を舐めあげてきた。刹那、鋭い快感が背筋を駆けあがり、快楽中枢を揺さぶってくる。

「あんッ、幸司、くンッ。はぁ、いいわ、もっと、もっと舐めて」

香奈子の右手が今度は少年の髪に絡み、クシャッとしていく。秘唇に感じる久しぶりの悦楽にヒップが小刻みに揺れ動き、幸司の舌に積極的にスリットをこすりつけていった。ヌメッた舌先が濡れた淫裂を舐めあげるたびに、脳内で愉悦の花がつぼみを膨らませていく。

（本当に私、幸司くんにあそこを……はぁン、ぎこちないけど、でも、一生懸命舐めてくれているのが、熱い舌先からはっきりと伝わってきている。ごめんなさいね、遥奈。あなたが可愛がっている義弟、あなたより先に私が……）

セックスを拒《こば》まれたことですでに夫への罪悪感は失われつつあった。しかし、幸司との行為がもともと義姉弟の正常な関係を守るためであったとしても、そこを逸脱《いつだつ》する覚悟を遥奈が言葉にしてしまった以上、先を越す形となる香奈子とすれば実妹に対しては申し訳なさを覚えてしまうのだ。

「はぁン、本当に上手よ、幸司くん。そんな丁寧に舐められるの、本当に久しぶりなの、だから、キャンッ！　あぅ、あっ、あぁ、そ、そこは……」

懸命に舌を動かす幸司に愉悦を伝えた香奈子の腰がいきなり激しく突きあがった。眼前が白く塗り替えられ、快楽の花がいっせいに花開きそうな感覚が襲う。

（う、嘘、いきなりそこは……ダメよ、このままだと私だけ先に……）

なんの前触れもなく少年の舌が秘唇の合わせ目に這わされ、充血し包皮から顔を覗かせていたクリトリスが嬲られた。ヂュッ、ヂュパッ、チュチュ……。人妻のムッチリとした太腿を両手で抱えこんだ幸司が、執拗《しつよう》に淫突起を蹂躙してくる。

「あんッ、ダメよ、そこは、うンッ、敏感なの、だから、あっ、あ～～ン……」

（このままじゃ私、舌だけで幸司くんに……高校生の男の子に、イカされちゃう）

ビクン、ビクンッと小刻みな痙攣が腰を襲うなか、大人のオンナとして十代半ばの少年にクンニで絶頂に導かれる羞恥がこみあげてきた。右手だけではなく左手も幸司の頭部に這わせると両手でガッチリと押さえつけ、強引に淫裂から唇を引き離した。

「ンぱぁ、あぁ、香奈子、さん……」

「お願い、最後は硬いので、幸司くんの硬いオチ×チンでイカせて」

口の周りを淫蜜でベットリと濡らした幸司に、香奈子は切ない表情で挿入のおねだりをしてしまった。

「いまの香奈子さん、すっごく色っぽい。そんなエッチな目で見つめられたら、僕……」

ゾワッと身体を震わせた教え子が身体を起こした。その股間を目にした瞬間、人妻の腰もゾクリとしてしまった。下腹部に張りつく勢いでそそり立つペニス。その亀頭がパンパンに充血し、赤黒くなっていたのだ。それは生徒指導室で見慣れたイチモツよりも、確実に一回りはたくましくなった印象である。

(ヤダ、幸司くんのあんなになってたのね。私、いい年して自分のことばかりだったわ。そうよね、経験の浅い男の子が自分から挿れたいなんて言い出しにくかったかもしれないわね。そこは私がちゃんとしてあげるべきだったわ)

久しぶりの性交に肉体が昂り、自分の快感を優先してしまっていたことを見せつけられた思いがし、恥ずかしい気持ちがこみあげてきた。

「あんッ、そんなにしちゃってたのね。ごめんなさいね、待たせてしまって。さあ、幸司くんが布団に横になってちょうだい。そうすればあとは私が……」

香奈子はいったん腰をあげ布団の脇に移ると、幸司に横たわるよう促した。

「は、はい。じゃあ、あの、よろしくお願いします」

陶然とした眼差しで熟女教師を見つめてきた少年が、ペコリと頭をさげ枕に頭を乗せ布団へと横たわった。

「ごめんね、我慢させちゃって。すぐに楽にしてあげるから待っていてね」

優しく囁きかけ、香奈子は幸司の腰にまたがった。右手をおろし急角度でそそり立つ肉槍をやんわりと握り、挿入しやすいよう起こしあげていく。

「ンはっ、あぁ、香奈子、さん……」

「あぁん、硬いわ。それに、いつも以上に熱くなってる」

(ほんとにすごい。こんなカチンコチンになったものがもうすぐ私の膣中に……)

指腹が焼かれるか思えるほどの熱量と鋼《はがね》もかくやと感じられるほどの硬度。十代少年の漲る精力の雄々しさに子宮がキュンッとわなないた。熟襞の蠕動が勢いを増し、大量の淫蜜が圧し出され、内腿に幾筋もの川を作りはじめる。

「も、もうすぐ、本当に香奈子さんのあそこに僕のが……」

「そうよ、すぐに気持ちよくしてあげるわ」

物欲しそうに口を開いているであろう淫唇に熱い視線を感じつつ、香奈子は押し立てた肉槍に向かって腰を落とした。張りつめた亀頭が濡れた秘唇と接触したとたん、クチュッと艶めいた音が鳴る。それだけでザワッとした感覚が駆けあがった。

「あっ！　かっ、香奈子、さンッ」

「うぅン、幸司くんの先っぽと私のあそこがキスしているの、わかるでしょう？　すぐよ。本当にいますぐに挿れてあげるから、もうちょっとだけ耐えてね」

かすれ声の少年に艶然と微笑みかけ、熟女は腰を小さく前後に動かし張りつめた亀頭を膣口の入口へといざなった。ヂュッと粘つく音を立て先端が入りこんだ瞬間、香奈子の背筋がゾクゾクッとした。

「はっ、入った。僕の先っぽが、ゴクッ、か、香奈子さんのあそこに……」

「そうよ。いい、幸司くんの全部、挿れるわよ」

完全に声を上ずらせている幸司の初心さに母性をくすぐられながら、香奈子は腰を完全に落としこんだ。ンヂュッとくぐもった音を立て、熱く漲る肉槍が熟れた肉洞に圧しいってくる。

「はンッ！　すっ、すっごい……あぁ、入ったわ。幸司くんの硬いのが私の膣中に完全に……うぅん、なんて硬さと熱さなの……」

一気に脳天まで突き抜ける快感に、熟妻の顎がクンッと上を向いた。張り出した亀頭により膣襞が力強くこすりあげられ、クンニで絶頂寸前まで圧しあげられていた快楽中枢が激しく揺さぶられる。

「ンくッ、あぁ、はっ、入ってる……僕のが本当に香奈子さんの膣中に、根元まで……はぁ、すっごい、エッチなウネウネが絡みついて、僕、すぐに……」

「いいわよ、出して。いままで我慢させちゃってたんですもの、私が動くから幸司くんのタイミングで、いいのよ」

蕩けた表情を浮かべる少年に囁きかけ、香奈子はゆっくりと腰を上下させはじめた。ンヂュッ、グチュッと粘つく摩擦音を立てながら、たくましいペニスが肉洞を往復しこなれた柔襞に刺激を送りこんでくる。

(あぁん、いい……久しぶりだからってだけじゃない。幸司くんの、見た目以上の充実感が……とんでもなく硬くて熱い上に、思っていた以上に太いかも。あんッ、ダメ、あの人のでこすられるより刺激が強いから私もすぐに……)

いままでも手や口で満たしてやってきたペニス。その大きさは充分に理解しているつもりであった。しかし、実際に膣内に入りこんだ強張りは想像以上のたくましさを見せつけてきていた。

「くッ、はぁ、す、すっごい……香奈子さんの膣中、気持ちいいです。それに、大きなオッパイもいやらしく揺れていて、僕、もう……」

遥奈や優衣と比べれば締めつけの強さはさほど感じない。膣襞も貪欲《どんよく》に絡みついてくる感じはしないものの、優しく包みこみ、甘くこすりあげられる感覚は全身が弛緩し、すべてを委ねたくなる安心感があった。

さらに、熟女教師が腰を振るたびに砲弾状の豊乳がタップン、タップンと悩ましく揺れ動き、そのボリューム感に圧倒されてしまう。自然と両手が熟乳へとのび、そのたわわさを、指が沈みこむほどの柔らかさとほどよい弾力を楽しんでいく。

「あんッ、いいわよ、好きにして。うんっ、いまは私の身体、幸司くんのモノなんだから、オッパイでもオマ×コでも、あなたの好きにしてくれていいのよ」

「あぁ、香奈子さん！」

生徒指導のお堅い女教師の口から漏れた卑猥な四文字言葉。学校での姿とのギャップの大きさにも性感が揺さぶられてしまう。蜜壺の心地よさに胴震いを起こしていたペニスにいっそうの血液が送りこまれ、射精間近の亀頭がさらなる膨張を遂げる。

「あんッ、嘘でしょう、まだ、大きくなるなんて……」

「だって香奈子さんがエッチなこと言うから……あぁ、締まった。いま、香奈子さんのここキュって……本当に僕、もう出ちゃいそうですよ」

両手で豊かな乳房を堪能《たんのう》しつつ、幸司は下から腰をズン、ズンッと突きあげ、自《みずか》らも積極的に熟女の肉洞を味わいはじめた。グチュッ、ズチュッと卑猥な性交音が大きくなり、それに合わせて絶頂感も近づいてくる。

「あんッ、いいわ、ちょうだい。幸司くんの熱い精液、膣奥にいっぱい流しこんで」

「おぉぉ、香奈子さん、香奈、コ……」

キュゥイン、キュゥインと淫らな蠢きを見せはじめる柔襞にペニスを翻弄《ほんろう》される幸司は、それでも少しでも射精の瞬間を遅らせようと耐えていた。右手で熟乳を揉みこみつつ、左手を人妻の右の二の腕へと移すと、グイッと上半身を起こした。

「あんッ、どうしたの幸司くん、急に」

「オッパイ……最後は香奈子さんの大きなオッパイ、チュウチュウしながら出したくて、それで……」

驚いたように腰の動きを止め、両手を教え子の首に巻きつけてきた熟女を切なそうな目で見返すと、手のひらからこぼれ落ちる豊乳を愛おしそうに右手で捏ねあげ、球状に硬化している焦げ茶色の乳首を唇に挟みこんだ。とたんに鼻腔を甘い乳臭がくすぐり、背筋がゾクリとしてしまった。

「はンッ、幸司、くん……もう、甘えん坊なんだから。いいわ、私のオッパイでよければ好きなだけ吸いなさい。こっちもちゃんと面倒見てあげるから」

ピクッと身体を震わせた香奈子が鼻にかかった甘い声で囁くと、再び腰を上下に振りはじめてくれた。締まりの強まった肉洞内でペニスが膣襞に弄ばれていく。

（くぅぅ、香奈子さんのウネウネがさっきより強く絡みついてきてる。あぁ、出ちゃう。本当に、もう……でも、もうちょっとだけ、オッパイ、堪能していたいよ）

「ンぅ、うん……チュッ、チュパッ、チュパッ……」

強張りを襲う蕩けるほどの快楽に恍惚となりながら、幸司はたわわな乳肉に溺れていった。硬直を襲う快感はどんどん大きくなり、もういつ射精を迎えてもおかしくないほどに高まっている。それを必死にやりすごしながら、尻肉を弾ませるように小刻みにペニスを動かし膣襞にこすりつけていく。

「あぁん、うぅん、はぁ、いい……幸司くんの立派なオチ×チンで膣中こすられると、私も、はンッ、ダメよ、乳首、噛まないで」

「ンぐっ、ンぱぁ……くぅぅ、締まってる。はぁ、乳首、弄《いじ》ったとたん、香奈子さんのここがさらに……あぁ、出ちゃいます。僕、本当にもう……」

ぷっくりと硬化した乳首に歯を立てた瞬間、人妻の肉洞が一気に締めつけを強めてきた。それまでとの締めつけ感のギャップにビクンッと腰を跳ねあげた幸司は、乳首を解放すると右手で左乳房を鷲摑みにしながら香奈子の艶顔を見つめた。

「いいわ、出して。幸司くんの熱いの、私の膣中にいっぱい注ぎこんでちょうだい」

艶めかしく肉厚の唇を開き、潤んだ瞳で見つめ返してくる熟女の腰の動きがいっそう激しさを増した。ヂュチュッ、グチュッと押し潰されたような淫音がその間隔を一気に縮め、高速でペニスがしごきあげられていく。

「あッ、出る！　僕、もう、あっ、あぁぁぁぁぁぁぁぁッ！」

幸司が両手で香奈子の熟腰をガッチリと摑んだ直後、脳内で激しいフラッシュの瞬きが起こった。ストロボの閃光《せんこう》を直接浴びたかのように視界が一瞬にしてホワイトアウトする。それと同時に、我慢に我慢を重ねてきたペニスがついに弾け、猛烈な勢いで迸り出た白濁液が女教師の子宮に襲いかかっていく。

「あんッ！　わかる、幸司くんの熱い精液がお腹の中を暴れまわってる。はン、ダメ、イッちゃう、私も……うンッ、幸司くんのミルクで、イッぐぅ～～～～ンッ！」

「うわっ、うねる……香奈子さんの膣中、いきなり激しく……あぁ、出る、僕、まだ、くッ、あぁぁ……」

数拍ののちやはり絶頂に達したらしい香奈子の肉洞が、一瞬の弛緩ののちそれまでに増して蠢きを強め、射精の脈動をつづける肉槍に絡みつくとさらなる精を欲するように搾りあげてきた。その蠕動具合は遥奈や優衣にも負けないほど強烈であり、幸司はグッタリと美熟女の豊乳に顔を埋めていった。

「はぁン、すごかったわ。こんなにいっぱい出されたの、初めてよ。それに、とっても素敵だったわ。ありがとう」

「そんな、こちらこそ、ありがとうございました。まさか香奈子さんとこんなことができるなんて、いまだに信じられません」

優しく髪の毛を撫でつけてくれる熟女に、幸司は乳房から顔をあげると恍惚の表情を向けた。

「あら、まだこうして繋がっているのに」

絶頂に蕩けた顔をさらし悪戯っぽく囁いた香奈子が、小さく腰を揺すってきた。ヂュチュッ、クチュッと粘音が起こり、肉洞に埋まったままの淫茎が熟襞に優しく嬲られる。その瞬間、半勃《だ》ち状態であったペニスが一気に力を取り戻した。

「ンはっ、あぁ、香奈子、さん……」

「あぁん、すごいわ。あんなにいっぱい出した直後なのに、またこんなに……」

「だって、香奈子さんが刺激してくるから。あの、もう一度、いいですか」

「いいわよ、一度でも二度でも、私のこともっと満足させてちょうだい」

「は、はい。頑張ります」

三十路妻の色気にあてられた性感を激しく煽られながら大きく頷き返し、蜜壺に強張りを突き入れた状態で女教師に向かって身体を倒していった。

「あんッ、幸司、くンッ」

ビクッと身体を震わせた香奈子が再び両手を教え子の首に回し抱きついてくる。幸司は左手を熟女の背中に這わせ、右手は布団につき正常位へと体勢を変えた。すると人妻の両脚が跳ねあがり、ムッチリとした太腿で幸司の腰を挟みつけきたのだ。

「あぁ、香奈子さん。僕、もう我慢できません。最初から思いきりイキますよ」

言うが早いか幸司の腰はせわしなく動きはじめ、優しく包みこんでくれる柔襞にペニスをこすりつけていくのであった。

第五章　禁断の三姉妹ハーレム

1

　ピンポーン。マンションのエントランスに設置されたオートロックの呼び出し音に反応した遥奈はダイニングの椅子から立ちあがり、キッチン脇の壁に埋めこまれたコントロールパネルに向かった。するとカラー液晶には姉の姿が映っている。

「はーい、どーぞ」

　タッチパネルを操作してエントランスのロックを解錠すると、香奈子の姿がすっと消えた。マンション内に入ったようだ。

「香奈ねぇ？」

「そう。集合をかけた張本人《ちょうほんにん》が最後になったわね。まっ、まだ約束の時間前だけど」

一時間半以上前にやってきていた妹の問いかけに頷き返し、遥奈はリビングの壁にかけられた時計に目を向けた。午後一時五十二分。午後二時の約束であったため、ほぼ時間どおりである。しばらくすると、今度は玄関ドアのチャイムが鳴ったため、玄関に向かいドアを開けてやる。

「いらっしゃい」

「お邪魔するわ。はい、これケーキ。それにしても今日も暑いわね」

「ありがとう。どうぞ、あがって。冷房入ってるから涼しいわよ」

「ええ、ありがとう。優衣はもう来ているのね」

「十二時すぎに来たから、いっしょにお昼したわ」

揃えて置かれた妹のサンダルを確かめた香奈子に、ケーキの箱を受け取りつつ答えると姉をリビングへといざなっていく。

七月に入ったばかりの土曜日。照りつける太陽はすでに真夏のそれであり、姉の額にうっすらと汗が浮かんでいるのを見れば、どれだけ外が暑いかがわかる。

「いらっしゃい、香奈ねぇ」

「早く来たんですって」

「うん、遥ねぇにパスタ作ってもらっていっしょにお昼した」

姉と妹の会話を横目に、遥奈はキッチンへと入った。

「姉さん、飲み物、コーヒーと紅茶、どっちがいい？」

「コーヒー、もらえるかしら。できればアイスで」

「了解。それと優衣、姉さんがケーキ持ってきてくれたからお皿を出してくれる」

「はーい。遥ねぇ、私もコーヒー、お替わりちょうだいね」

「わかってるわよ」

三姉妹が揃うのは先月、夫の秀一が一時帰国していた際、里見の実家を訪れた翌日に浜本の実家に挨拶に出向いて以来、ひと月ぶりであった。

（それにしても、いったい姉さんは私たちになんの話があるのかしら。それもわざわざウチを指定するなんて。お義兄さんや両親には聞かれたくない話ってことよね。もしかして幸くんの件？　いえ、だとしたら優衣を呼ぶ必要はないはずよ。まさか姉さん、優衣と幸くんの一件も知っているんじゃ……）

冷蔵庫から水出しで作って常備《じょうび》しているアイスコーヒーのポットを取り出し、氷を入れたグラスに注ぎつつ、姉妹に集合をかけた姉の真意をあれこれと推測していた。

進路指導室での一件があるだけに、香奈子が遥奈と幸司の関係を疑っているのは確実だ。おそらく肉体関係を持ったと確信に近い感覚を持っているだろう。そうであれば、政夫が在宅している前田家、両親のいる実家よりも遥奈の家のほうが気兼《きが》ねはない。しかし、優衣が幸司にちょっかいを出していることは知らないのではないか、という思いがあるだけに、妹も呼んでいることに合点《がてん》がいかなかった。

遥奈がそんなことを考えている間に食器棚から皿を三枚出した優衣が、それぞれの皿にケーキを乗せてテーブルへと運んでいく。それを見送ってから、遥奈もお盆にアイスコーヒーを乗せテーブルへと向かった。四人掛けのテーブル、いつもの席に着いた遥奈の隣には香奈子が座り、遥奈の正面には優衣が着席した。

この日、義弟は学校で募集をかけた予備校主催の模試を受けに行っており、朝から留守であった。姉がわざわざこの日を選んだのも、話が幸司の件だからではないのかと考える根拠《こんきょ》となっている。

「いっただきま〜す」

満面の笑みを浮かべた女子大生が、選んだレアチーズケーキにフォークを向けていく。その屈託《くったく》のなさにクスッと微笑み、遥奈はモンブランをフォークで一口分切り分け口に運んだ。ふわっと口いっぱいに広がる栗の風味に自然と頬が緩んでしまう。

「あら、初めて買ったお店のだけど、美味しいわね、ここ」

旬を迎えたブルーベリーを使ったタルトを口にした香奈子も満足げに頷いている。

「駅前のお店でしょう？　私も気にはなっていたんだけど、入ったことなかったのよね。こんなに美味しいんならもっと早く行っておくべきだったわ」

「あぁ、あのオシャレなカフェが併設《へいせつ》されているお店のなんだ。へぇ、今度、幸司の家庭教師で来る前に寄ってみよう」

姉の言葉に遥奈が同意をあらわすように頷くと、妹も気に入った様子であった。

「それはそうとさ、わざわざ休みの日に遥ねぇの家に集まった理由ってなに？」

遥奈が新たに持ってきたアイスコーヒーにガムシロップとミルクポーションを入れマドラーで掻き混ぜながら、優衣が素朴でありながらも核心を衝く問いを発した。

「私も気になってるんだけど、いったいなに？　姉さんの家じゃできない話？」

ブラックのままのアイスコーヒーで喉を湿らせ、妹に便乗《びんじょう》する形で問いかけた。

すると姉もブラックのままコーヒーを口に運び、少し間を取ってくる。そしておもむろに言葉を発したのだ。

「遥奈はうすうす気づいているんじゃないか、という気はしているんだけど……ありていに言ってしまえば、私たちがいまこの場にいない男の子、幸司くんと今後どう付き合っていくかって話がしたかったのよ」

（やっぱりその件なのね。優衣も呼んだってことは、姉さんは優衣と幸くんの関係も知っているってことか。私のときみたいに幸くんが話したのかしら？）

半ば予想していたことだけにそこまでの驚きはない。秀一がアメリカに戻った日に香奈子の家から帰ってきた幸司とはその日の夜、早速、禁断の義姉弟相姦を犯していた。残念ながらと言うべきか、夫に抱かれるよりも感じてしまったことで、背徳の沼に嵌《は》まってしまっているのだ。

（幸くんを問い詰めて姉さんともエッチしたことは聞き出したけど、やはり本人の口からも聞くべきよね）

「それは学校でしているようなこと、私が目撃した以上のことを幸くんとしていて、これからも関係をつづけるかどうかってこと？」

「ごめん、遥ねぇ、なんの話？」

「姉さんは幸くんと学校で、ちょっとエッチなことをしちゃってるのよ」

いきなり本題に入ったことで妹の頭には「？」が浮かんだのだろう、怪訝そうな顔の優衣に遥奈はわざと不機嫌な感じで答えてやった。

「えっ！　嘘でしょう？　遥ねぇではなく香奈ねぇが幸司とって……」

「仕方ないじゃない。私は遥奈と違って幸司くんといっしょに住んでないんだから。

あなただって秀一さんが向こうに戻ってから、義弟と最後までしたんじゃないの？」

（幸くんと最後までしたこと、認めたわね。でも、そうか、私が幸くんの初めてを奪ったことはまだ知られていないワケか。話がややこしくなりそうだし、そこは教える必要ないわね。話すんだったら、とっくに幸くんが口をすべらせているでしょうし）

女子大生の驚きをスルーするように、先輩教師はこちらに顔を向けると意味ありげな微笑みを送ってきた。夫の弟との不貞を示唆《しさ》する言葉にはさすがに頬が熱くなるものを感じたが、遥奈はできる限り冷静でいようとした。

「ちょっ、ちょっと待って二人とも。お姉ちゃんたち、結婚しているのよ。それなのに幸司と、高校生の男の子と教師が学校でなんてなに考えてるのよ。お義兄さんたちに申し訳ないと思わないわけ。特に遥ねぇ、幸司は遥ねぇの義弟なんだよ」

本当に姉二人と幸司の関係をなにも知らなかったのだろう。末妹がこれ以上はないほどの正論を口にしてきた。

「あなたの言っていることは正しいわ、優衣。でもね、私が幸司くんと最後までしちゃう原因を作ったのは、あなたなのよ」

「なっ、なんで私のせいになるのよ。そんなの絶対におかしいでしょう」

自分に矛先が向かってくるとは思っていなかったのだろう、優衣が少し顔を引き攣らせるようにして言い返していく。

「だって、あなた……」

悪戯を見つけた女教師の顔で姉が放った言葉は、遥奈にとっても衝撃であった。それは先月、幸司が香奈子の自宅に滞在していたときの話。家庭教師として訪れていた妹も泊まることになり、その夜、二人のセックスを目撃したというのだ。

「姉さんばかりか、あなたもなの、優衣」

(幸くんったら、姉さんばかりか優衣とまでなんて……エッチに興味がある年頃だから仕方がないことだとは思うけど、複雑だわ)

セックスを知ってしまった高校生が、綺麗な女子大生から誘われたら乗ってしまうのはある程度は仕方がないことだとは思うものの、それが自分の妹であることには受け入れがたいものを感じてしまう。

(ということは、私たち姉妹は揃いも揃って同じ男の子と……)

そう考えると言いようのない羞恥を覚え、いっそう頬が熱を帯びてくる。

「わ、私はいちおう、幸司が遥ねぇと変な関係にならないようにっていう大義があったもん。最後まで許してあげたのだって、幸司の中間テストの結果がよかったご褒美だし……それになにより、私、独身だし彼氏もいないから、不貞行為を働いているお姉ちゃんたちに文句を言われる筋合い、ないんだから」

高校生との性交を暴露《ばくろ》された優衣も恥ずかしさを感じているのだろう。一気にまくし立てるように自己の正当性を訴えてきた。それに対しては、香奈子はもちろん、遥奈も反論できそうにない。そこで話題を変えることにした。

「姉さんは私たち全員が同じ男の子と、幸くんとエッチしているのを承知で集めたのね。当の本人が模試で家を空けている今日、私の家に」

「そういうこと。優衣はどうしようかなとは思ったんだけどね。本人が言うように独身だし、年齢的にも私や遥奈なんかよりずっと釣り合いが取れているでしょう。だから、二人が恋人なりセフレなりになるかどうかは本人たちの問題だもの」

肩をすくめるようにして言いきった姉に、遥奈は再び溜息をついた。

「その上でこの子も呼んだってことは、姉さんが今後も幸くんとの関係をつづけていく、はっきり言ってしまえば、セックスをしていくつもりでいるってことよね。それを承知の上で幸くんとの関係を築けと」

「幸司くんを本当に可愛がっている遥奈にとっては面白くないことでしょうけど、答えは『イエス』よ。こんなこと妹に言うことではないけど、いまさら取り繕っても仕方ないから言うとね、あの人には本当に申し訳ないけど、幸司くんとのエッチ、とってもよかったのよ。渇いていた心と身体が癒やされた、満たされた感じがしたの」

さすがに恥ずかしいのか、頬を赤らめる三十路姉のあけすけとも思える言葉に、遥奈は一瞬、返答に窮してしまった。

「信じられない。香奈ねぇがそこまで直接的なことを言うなんて……」

長姉の率直すぎる言葉に遥奈同様の驚きと戸惑いを覚えたらしい優衣が、それでも素直な感想を返していく。

「私の決意は話したわ。それで、肝心なあなたはどう思っているの、遥奈。幸司くんが一番好きなのは、義理の姉であるあなたなんだと思うけど」

「確かに。私が幸司にエッチなことをしてあげるようになったきっかけは、義理の姉弟で変なことにならないようにするためだし」

姉妹に改めて問いかけられ、遥奈は改めて幸司について考えさせられた。

夫の弟である少年。十一歳も年下の男の子が可愛い存在であることは間違いない。もちろん愛情もある。しかしそれは夫に対するもの、異性に感じるそれではなく、肉親の情に近い。だが一方、性的な満足度は香奈子同様で夫とするよりも高いのだ。

「だったら、私がそうするつもりであるように、あなたも割り切った関係になることね。もちろん義理の姉弟として取り繕う必要はあるけど、幸司くんがしたいときに満たしてあげて、私たちがその気になったときには満たしてもらう、そんな関係に」

遥奈の想いを聞いた姉のあまりにも割り切った言い方に呆然としてしまった。それは優衣も同じだったのだろう、妹はポカンッと口を開け香奈子を見つめていた。

「二人とも、なにを驚いているのよ。私や遥奈は離婚でもしない限り、幸司くんといっしょになることは不可能なんだから。まあ、年齢差があるから、そもそもそういう話にはならないでしょうけど、その中で関係を継続していくっていうことは、綺麗事ではなくそういうこと、セフレ、セックスフレンドになるってことなのよ」

「うん、香奈ねぇが言っていることはわかるんだけど……なんていうか、香奈ねぇがそんな性に奔放な、大胆なこと言うなんてちょっと意外だなぁって。香奈ねぇはもっとキッチリしていて、そういう倫理にもとること嫌いだとばかり」

「嫌いよ。でも、三十すぎのいい年をした大人としては恥ずかしいけど、道を踏み外してしまってもいいと思うくらい、幸司くんとのエッチに満たされたのよ」

優衣の香奈子評にはおおむね遥奈も同意であっただけに、姉の取り繕ったところのない素《す》の答えに、驚きを感じながらもストンッと胸に落ちるものがあった。

（妻と弟に裏切られた秀一の気持ちをまるで考えていない、都合がよすぎる自分勝手な思いだけど、今後も幸くんとエッチしたいって気持ちは私も強いのよね）

「そうね、私も秀一と別れる気はないけど、幸くんとの関係も終わらせたくないっていう都合のいいことと思ってるし、確かに道を踏み外す、堕《お》ちていく覚悟は必要ね」

大きく息をついた遥奈は自分が発した言葉に、その言霊《ことだま》によって心が軽くなり覚悟が決まった気がした。そのため自然と頬に笑みが浮かんでいく。

「ちょっ、遥ねぇまで……はぁ、わかった。幸司のことになるなとお姉ちゃんたち危《あや》うい感じがするから、私も付き合ってあげる。幸司はまだ高校一年生だから今後、大学受験が残ってるし、それまでの二年間、最低でも私が大学を卒業する来年までは悪い虫がつかないように、勉強に集中できるようにサポートしてあげるわ」

「幸司くんのことは、教師であり、人妻でもある私たちに任せて優衣は恋人を作って普通の恋愛を楽しんでいいのよ。本来、そちらのほうが望ましいわ」

「そうよ、優衣。幸くんの家庭教師をしてくれるのはありがたいけど、それ以上のことは必要ないわ。そっち方面はいっしょに住んでいる義姉の私が担当するから」

女子大生の妹までもが変な覚悟を決めてしまったことに戸惑いを覚えながら、遥奈は姉とともにさりげなく翻意を促した。

「もちろん、誰かと付き合うことになったら幸司のことはお姉ちゃんたちに任せるけど、それまでは、ねッ。それに、幸司のほうが私のことを離したくないかもしれないじゃない。アラサーのお姉ちゃんたちと違ってお肌ピチピチの女子大生なんだし」

姉たちへの対抗心でもあるのか若さを強調して胸を張る優衣の可愛さに、遥奈は香奈子と顔を見合わせクスッとしてしまう。直後、携帯電話の着信音が鳴りはじめ、遥奈はキッチンカウンターに置きっぱなしであったスマートフォンを取るため席を立った。スマホを手に取り、画面に映し出された表示にドキッとする。

「えっ!?　秀一？　こんな時間に電話なんて……ごめん、ちょっと席外す」

(サンフランシスコって夜中？　午後十一時前か、なにか緊急かしら)

時差十六時間を瞬時に計算した遥奈は、姉妹にそう断ってから画面をタップするとリビングを出て寝室へと向かうのであった。

2

「ただいま」

午後四時すぎに模試から帰宅し玄関扉を開けた幸司は、見慣れぬ女性もののパンプスとサンダルにドキッとした。

(これ、両方ともお義姉さんのじゃないよな。ということはお客さん……でも、このサンダルは見たことが……家庭教師のときに優衣さんが履いていたのと同じような気がするな。ということは優衣さん？　じゃあ、もう一足は香奈子さんかな？）

兄嫁の姉妹である二人。背徳の肉体関係を築いてしまった美女たちが揃っている可能性に緊張を覚えつつ、リビングに向かいドアを開けた。その瞬間、冷房の効いた室内にホッとすると同時に背筋がゾクッとした。予想どおりリビングには美人三姉妹が揃っていたのだが、どことなく様子がおかしい気がするのだ。

「あら、お帰りなさい、幸くん」

「た、ただいま、お義姉さん」

幸司に気づいた遥奈の挨拶に答えながらも、幸司の目はほかの二人、香奈子と優衣に向けられていた。二人ともどこかサッパリした印象であり、優衣に至っては顔が湯あがりのように火照り、髪の毛も少し濡れているように感じられる。

（お風呂でも入ったの？　でも、なんで？）

七月に入ったばかりにしては蒸し暑い日であるとはいえ、いささか不可解な感じがする。怪訝な顔で改めて義姉を見ると、またしても「おや？」という気にさせられた。二人に比べれば違和感は少ないが、それでもどこかスッキリとした様子なのだ。

「あら、お帰りなさい、幸司くん。テストはどうだった？」

「精一杯やりましたけど、けっこう難しかったですよ」

香奈子の挨拶に苦笑混じりに返すと、今度は優衣が声をかけてきた。

「私が力を入れて教えている英語さえ悪くなければ、まあ、許してあげるわ。それにしても幸司、いいタイミングで帰ってきたわね。帰宅早々で悪いけど、幸司もすぐにシャワー、浴びてきてくれるかしら」

「はっ？　なっ、なんで？」

「なんで、じゃないの。お姉ちゃんの言うことは絶対だって教えたでしょう。ほら、いいから早く行く」

理不尽《りふじん》とも思える女子大生の言葉。ふだんなら諌《いさ》めてくれそうな香奈子と遥奈もなぜか今回は沈黙を守っている。それがなんとも不安な気持ちにさせられてしまう。

「幸くん、あとで理由はちゃんと説明するから、いまは優衣の言うとおり、シャワーを浴びてきてくれるかしら」

戸惑っている幸司に声をかけてくれたのは、義姉であった。拝むように手を合わせた遥奈が「ねッ」と可愛く首をかしげてくる。その瞬間、キュンッと胸の奥が締めつけられ、それ以上なにかを問いかける気にはなれなくなってしまった。

「わ、わかり、ました。お義姉さんもそう言うのなら、シャワー、浴びてきます」

不承不承《ふしょうぶしょう》ながら頷いた幸司はリビングと隣接している自室に入ると、荷物だけを置き浴室へと向かった。その背中に「ちゃんと綺麗に洗うのよ」という優衣の言葉が投げかけられた。

3

(いったいなんなんだよ。帰ってきていきなりシャワーを浴びろって……駅からの帰り道でもけっこう汗かいちゃったけど、もしかして僕、臭かった?)

美人姉妹の言いつけを守るように頭を洗い、次いで泡立てたボディーソープで身体を洗っていく。

(そういえば、なんで三人とも風呂あがりみたいな感じだったんだろう? まさか三人が揃ってエッチをしてくれるなんてことは……ない、ない。なぁに、夢見ちゃってるんだ。そんな状態になったら、その前段階で修羅場《しゅらば》だって)

脳内に浮かんだ都合のいい妄想を、苦笑混じりに否定していく。だが、もしそんなことが起こったら……。考えただけで淫茎が震え鎌首をもたげてきてしまう。

(でも、そんなことが実際に起こったらすごいよなあ。いちおうここも念入りに洗っ

ておかないとな)

半勃ち状態になってしまったペニスを、幸司は丁寧にこすり洗いしていった。背徳の妄想をしているせいか、すぐに下腹部に張りつきそうなフル勃起状態になる。

先月、香奈子の家に一時厄介《やっかい》になり、兄が赴任先に戻った日にこちらのマンションに帰ってきた幸司は、その日の夜、早速、禁断性交をさせてもらい、改めて遥奈の肉体の素晴らしさを認識することとなった。その後も週に一、二度のペースでセックスをさせてもらっており、いまでは挿入前に兄嫁を絶頂に導けるようになっていた。

そのほか家庭教師の日には優衣に手淫やフェラチオをしてもらい、放課後の生徒指導室では香奈子と数度、背徳性交に及んでいた。それだけに、思春期男子としての欲望は非常に恵まれた環境で満たすことができていたのである。

(お義姉さんには香奈子さんとのことは打ち明けたけど、優衣さんと最後までしたことはないしょのままだし、優衣さんにはお義姉さん、香奈子さんのことを秘密。香奈子さんは直接なにも言ってこないけど、お義姉さんとの関係を察してる雰囲気だから、一番情報に明るいのは香奈子さんってことか)

シャワーで身体についた泡を流しつつ、三姉妹の関係を整理していく。

(すべての関係を把握しているのが優衣さんだったら、お義姉さんたちを集めて文句言う可能性もあるけど、教師で人妻の立場の香奈子さんにはないよな、たぶん。なら今日の集まりは別口って考えたほうが……）

三姉妹が揃い、全員がどこか湯あがりの雰囲気を漂わせていたことの答えが出ないまま、幸司はシャワーを止めた。直後、カチッという音とともに浴室の折れ戸タイプの扉が開けられ、全裸の遥奈が乱入してきた。

「お、おッ、お義姉さんッ⁉」

完全に裏返った声が浴室に反響していく。

「もう、そんなに驚かないでよ。いま、耳がキーンッってしたわ」

「ご、ごめんなさい。でも、あの、こ、これはいったい……香奈子さんや優衣さんは帰られたんですか」

わざとらしく顔をしかめる兄嫁に謝った幸司だが、状況がまったく呑みこめなかった。しかし、その目は遥奈のたぐいまれなる美貌と抜群なスタイルに釘付けとなる。

釣り鐘状の豊かな双乳に細く括れた腰回り、ふんわりと柔らかそうなデルタ形の陰毛。そして、スラリとのびた美脚。すべてが芸術品のような美しさなのだ。背徳の妄想で天を衝く強張りが小刻みな胴震いを起こし、鈴口からは先走りが滲み出す。

「いいえ、まだいるわよ。それはそうと幸くん、私に隠し事していたのね」

「か、隠し、事」

「そう。このいけないオチ×チンは姉さんばかりか優衣とも……」

蠱惑の微笑みを浮かべた遥奈の右手がいきなり完全勃起を握りこんできた。

「うはッ！　おっ、おねえ、さん……ご、ごめんなさい。でも、あの、言い出せなくて……あぁ、ダメ、そんなこすらないで」

（まさか、お義姉さんに優衣さんとのことまでバレちゃってたなんて……やっぱり今日の集まりってその件についてだったんだ）

顔から血の気が引く思いの状況であるにもかかわらず、屹立する肉槍を握られたことで快感のほうをより強く意識することとなった。

「あんッ、ダメよ、まだ出しちゃ。そもそも、なんでシャワー浴びているだけで、こ、こんなに大きくしちゃってるの。浮気者の幸くんは、私たち三人とのエッチな妄想でもしちゃってたのかしら？」

「う、浮気者って……あっ、あの、それは……くぅぅ、そんなにこすられると僕、本当に……香奈子さんや優衣さんをほったらかしにしてお義姉さんがこんなところに来て、大丈夫なの」

三姉妹全員との肉体関係を改めて揶揄《やゆ》されると、その節操《せつそう》のなさが身に染みる。それに関しては申し訳なく思うが、同時にいまの状況への戸惑いも広がっていた。

「大丈夫だから来てるのよ。まあ、浮気云々《うんぬん》は私も秀一を裏切ってるんだから、幸くんのこと悪くは言えないんだけど……もし、それについて幸くんに文句を言えるとすれば優衣だけでしょう。それもあの子が幸くんの恋人だった場合、限定だけどね。姉さんも人妻である以上、なにも言えないはずよ」

「ごめんなさい。お義姉さんに後ろめたい思いをさせてるの、全部、僕のせいだね。お義姉さんばかりか、居候を許してくれている兄さんに対しても僕は……」

義姉の口から兄への裏切りを告白されると、そのとたん自分の行いの非道《ひどう》さが胸に突き刺さってくる。それは兄ばかりか香奈子の夫、政夫に対しても同じだ。他人様《ひと》の妻を寝盗る悪辣《あくらつ》行為をヤラカしているのだから、極悪人と言われても仕方がない。

「もう、そんな悲しそうな顔、しないの。可愛い義弟にそんな顔されたら全力で慰めてあげたくなっちゃうじゃない」

遥奈の表情がふっと緩み、優しくこすられていたペニスが解放された。甘美な刺激を消えたことに安堵《あんど》と残念な思いが同時に浮かんでくる。

直後、義姉の両手で頰を挟みつけられ、美しい顔が急接近してきた。ドキッとしたのも束の間、ふっくら柔らかな唇が重ねられてくる。

「ンッ！」

一瞬、両目が見開かれたものの、すぐに幸司の目はトロンとなった。それを感じ取ったように短い接吻がとかれていく。

「お、おねえ、さん……」

「うふっ、幸くんが模試を受けに行っている間に決まったことを伝えるわね」

そう言って遥奈は三姉妹が揃って話をした結果について教えてくれた。そのあまりに予想外な、夢想の産物としか思えない話に瞬時、言葉を失ってしまった。

（まさか、そんなことって……そんな僕にだけ都合がいい展開って本当にある？）

「あっ、こ、これ、夢だ。そ、そうか、だからお義姉さんがシャワー中に裸で入ってきてくれ、てッ……」

引き攣った顔でそこまで言った直後、パンッという乾いた音が浴室に響いた。両頬をジンッとした痛みが襲い、ハッと意識が現実に立ち戻る。改めて目の前に立つ全裸美女を見つめると、兄嫁は「夢だった？」と問いかけるように小首を傾げて見せた。

「ゆ、夢ではなくって本当に？　本当にこれからは三人と……」

「そうよ、三姉妹公認よ。まあ、私としては可愛い義弟を独占できなくて面白くない部分もあるんだけど、仕方がないわね。あの二人は私と幸くんがおかしな関係にならなないように、その身を張ってくれていたわけだから無碍にはできないじゃない」

かすれた声で問いかけると、遥奈が大きく頷き返してくれた。

「は、はい、それはもちろん」

「ああ、言っておくけど、優衣はもし今度彼氏ができたら離脱の可能性があるわ。それと、これ、姉さんにまだ言ってないんだけど、学校で最後まではリスクが高いと思うから、そこは考えたほうがいいわよ」

「でっ、ですよね」

もっともすぎる意見にまたしても顔が引き攣ってしまった。

「でも、あの二人がいなくなっても私がいるからいいでしょう」

幸司の首に両手を回し艶っぽく微笑む遥奈に背筋がゾクッとしてしまった。同時にペニスがビクンッと跳ねあがり、滲み出した先走りが肉竿へと垂れ落ちていく。

「お、お義姉さん……ゴクッ」

ウットリとした気持ちで義姉を見つめた幸司は、両手を兄嫁の背中に回しギュッと抱き締めた。豊満な乳房が胸板で押し潰れる感触に腰が震え、柔らかな下腹部に押し当てられた強張りが嬉しそうに胴震いをする。

「あぁん、幸くんの、すごく熱くて硬いわ。いいのよ、好きにして」

「シャワーって、こういうことだったんだね。お義姉さんたちは僕が帰る前にすでに……優衣さんが『タイミングがいい』って言っていたのも全部……」

「そういうこと。義姉である私が最初のミルクを、幸くんの一番濃厚な精液をもらうことで話がついているんだから」

「そんなエッチなこと言われたら僕、もう……」

耳元で囁かれるあまりに生々しいセリフに、早くも恍惚顔となった幸司は右手を背中から兄嫁の左乳房へと移動させた。そしてたわわな乳肉をやんわりと揉みあげ、同時に左手は無防備にツンッと張り出した双臀へと這わせ、乳房とはまたひと味違った柔らかさと弾力を堪能するように撫でまわした。

「あんッ、幸くん……」

「気持ちいいよ。お義姉さんの身体、やっぱり最高に素敵だ」

香奈子ほどの柔らかさはないが、一定まで沈んだ指先が強い反発で押し返される揉み心地のよさは絶品であった。手のひらからこぼれ落ちる肉房を捏ねあげながら、親指と人差し指で乳首を摘まむと、コリッとした感触が伝わってきた。

「はンッ、ダメよ、幸くん、そこは悪戯しないで」

悩ましく柳眉をゆがめた遥奈が切なそうに腰をくねらせた。すると下腹部に密着する勃起が柔肌にこすられ、射精感がこみあげてきそうになる。

「お義姉さんのここ、もう硬くなってる。感じてくれてるんだね」

「うぅん、当たり前よ。脱衣所で裸になっているときから、もう……だから、幸くんのこれ、早く私にちょうだい。モタモタしていたら業《ごう》を煮やした二人が来ちゃう」

淫靡に潤んだ瞳でこちらを見つめる義姉の右手が、再びペニスをギュッと握りこんできた。ビクッと腰が震え、睾丸がクンッと根元に圧しあがってくる。

「あぁ、お義姉さん……お義姉さんのあそこ、ペロペロしたい気持ちもあるけど、でも、ごめん、僕も早くお義姉さんと……」

「うふっ、バカね、謝ることじゃないわ。私も気持ちはいっしょなんだから」

慈愛《じあい》の籠《こも》った微笑みを送ってくれた遥奈に促され抱擁をとくと、兄嫁は浴室の壁に両手をつき、美しい双臀を後方に突き出してきた。かすかに口を開けた薄褐色の淫裂。陰唇のはみ出しもあまりない美しいスリット。その表面はうっすらと濡れ、義姉も興奮状態であることがわかる。

「お義姉さんのあそこ、いつ見てもほんと綺麗だ」

「そういうのはいいから、来て」

浴室の壁に手をついた状態で後ろを振り返った遥奈は、陶然とした眼差しで人妻の秘部を見つめている義弟にヒップを左右に振ってみせた。

（こんなの完全に誘ってるじゃない。まあ、誘ってるんだけど、それにしても……）

幸司のたくましいペニスに貫《つらぬ》かれる悦びを知る肉洞が、一刻も早い挿入を求めるように柔襞を蠢かせ、背徳の淫蜜を滲ませていく。

「うん、じゃあ、あの、遠慮なく……」

かすれた声で返事をした少年の左手が、深い括れのウエストを摑んできた。熱い手のひらの感触だけで、腰がぶるりと震えてしまう。

（私の身体、秀一とよりも幸くんとのエッチにより期待するようになっちゃってる。秀一のことは愛しているけどエッチの相性のよさは……あんっ、まさか、高校生の男の子相手にこんな気持ちになるなんて、それも姉妹揃って……）

三十路の姉ばかりか女子大生の妹も幸司とセックスをしていた事実には驚いたが、夫の弟と肉体関係を持ってしまっている以上、偉そうに文句を言えた義理もない。それどころか、今後は姉妹で少年を共有しようという企《たくら》みまでしてしまっているのだから罪深さは計《はか》り知れないものがある。

そんな背徳感を覚えていると、濡れたスリットに張りつめた亀頭がチュッとキスをしてきた。それだけで期待のさざなみが背筋を駆けのぼっていく。

「あんッ、幸くん……」

「い、挿れるよ、お義姉さん」

すっかり挿入にも慣れた様子の義弟がグイッと腰を突き出してきた。ンヂュッとくぐもった音を立て、いきり立つ肉槍が潤んだ蜜壺へと押し入ってくる。

「はンッ！　あっ、あぁぁ……うぅン、来てる……幸くんの熱くて硬いのがまた、膣奥まで入ってきてるぅン」

その瞬間、キンッと鋭い快感が脳天を突き抜けた。複雑に入り組んだ細かな膣襞が張り出したカリにこすりあげられ、一瞬にして絶頂に押しあげられそうになる。

「あぁ、入ったぁぁぁ。お義姉さんの、キツキツでウネウネのエッチなあそこに僕のがまた……くぅぅ、すぐにでも出ちゃいそうなくらい気持ちいいよ」

硬直を根元まで穿《うが》ちこんだ少年が右手も人妻の腰にあてがい、喜悦の声をあげた。

「いいのよ、出して。いっさいの我慢は不要よ。それに、ここでゆっくり楽しんでたら本当に姉さんや優衣が……幸くんとの時間、邪魔されちゃう。だから、いまは私だけを、短い時間でもいいから、幸くんのこと独占させて」

（あぁん、私、義弟相手に、高校生の男の子に向かってなにはしたないことを口走ってるのかしら。でも、幸くんの硬いので膣中こすられるとそれだけで……）

理性よりもオンナとして満たされたいと願う本能が紡がせたセリフに、羞恥が一気に広がっていく。だが、それは紛《まご》うことなき本音であった。

「そんな嬉しいこと言われたら、僕、本当に……」

ウットリとした声で囁いた義弟がゆっくりと腰を振りはじめた。ギュッ、グチュッと粘音を立て漲るペニスが肉洞を往復する。強張りに絡みつこうとする柔襞がしごきあげられ、目もくらむほどの快感が駆けあがり眼窩に悦楽の瞬きを起こす。

「あぅン、はぁ、いいわ、幸くん、上手よ。そのまま、うンッ、いつもみたいにお義姉ちゃんのことをいっぱい感じさせて」

「うん、精一杯、頑張るよ」

かすれた声でそう言うと、幸司は腰の動きを本格化させてきた。強弱をつけながらペニスを出し入れされると、悦びと同時に切なさがこみあげてくる。というのも、少年はこのとき強張りの中ほどまでしか挿入してはくれず、焦らしプレイをされた膣奥が刺激を欲してさらに卑猥な蠢きを示しはじめていた。

「あぁん、幸くん、お願い、膣奥までよ。幸くんのたくましいので、お義姉ちゃんのおッくぅぅ……あぅ、あッ、あぁぁ～～～～～ンッ……」

おねだりをするようにヒップをくねらせた直後、義弟の腰が双臀に叩きつけられ、張りつめた亀頭が一気に膣奥まで突きこまれた。その瞬間、色とりどりの瞬きが眼窩を襲った。甲高い喘ぎが浴室に反響し、一瞬、瞳の焦点が完全に失われ、ぐるりと目が回りそうな感覚にまでなる。

「ンはっ、締まる！　ンくぅ、お、お義姉さんの膣中が一気に、あぁ、ダメだよ、ただでさえ、お義姉さんのここキツキツなのに、そんなキュンキュンされたら僕……」

「あぁん、すっごい、幸くんの膣中でさらに大きく……ねぇ、ちょうだい。幸くんの熱いミルク、お義姉ちゃんの子宮にいっぱいゴックンさせて」

（あぁん、ダメなのに、今日は膣中に出されたらけっこう危ない日なのに私……）

肉洞内で跳ね、さらに体積を増した義弟の強張りに性感を激しく揺さぶられた遥奈は、背徳の中出しを求めてしまった己の淫らさに背筋を妖しく震わせた。

「あぁ、お義姉さん……僕だけの、遥奈、おねえ、さンッ」

義姉の言葉でさらに興奮を高めた幸司は両手を括れた腰から離すと、腋の下から前方に突き出したたわわな双乳へと這わせた。モニュッと肉房を揉みこむと蜜壺全体がキュンッと震え、入り組んだ膣襞がさらに貪欲にペニスに絡みついてくる。

「はぁん、幸、く～ン……うぅん、いいわ、優しくオッパイ揉まれるの、好きよ」

「僕もお義姉さんの大きなオッパイ、大好きだよ。はぁ、気持ちいいよ。オッパイの感触も最高なら、こっちの、くッ、エッチに絡んでくるこのオマ×コも最高に気持ちいいよ。あぁ、出すよ。お義姉さんの膣奥にまたいっぱい出すからね」

義姉の甘い声にさらに性感を揺さぶられながら、幸司は豊乳を捏ねあげ、腰を前後に振りつづけた。ズチュッ、グチュッという相姦音がその間隔を短くし、漲る肉槍がうねる柔襞に翻弄されていく。

「う～ン、来て。妊娠させるつもりで私の膣奥に、幸くんを注ぎこんでぇ」

艶めかしく上気した顔をこちらに向け、淫靡に潤んだ瞳でネットリとした視線を送られた瞬間、背筋がゾクゾクッとし、あまりの色っぽさにペニスがいっそうの膨張を遂げた。睾丸がさらに根元へと圧しあがり欲望のエキスが急上昇してくる。

(妊娠！　僕が、お義姉さんのことを……あぁ、兄さん、本当にごめん。僕、お義姉さんのこと、本気で孕《はら》ませちゃうからね)

兄への裏切りをさらに高める事態。淫欲に取り憑《つ》かれ、冷静な判断ができなくなっていた幸司は、その背徳感に強く惹かれた。

「おぉぉ、お義姉さん！　産んで、兄さんじゃなく僕との赤ちゃん、あぁ、出る！

本当に、もう、あッ、ぐッ、出ッるぅぅぅぅぅぅぅッ！」

子宮に直接子種を送りこまんと、両手で双乳をギュッと押し潰すように抱きつき、根元までペニスを叩きこむ。コツンッと亀頭先端が子宮口とキスをしたその瞬間、脳内に激しいスパークが起こった。

ズビュッ、ドビュッ……。禁断の膣内にぶちまけられた白濁液が、猛烈な勢いで兄嫁の子宮へ襲いかかっていく。

「あんッ、来てる！　熱いのが……幸くんのミルクが、また……あぁん、すっごい、いつもより量、多いみたい」

「だって、お姉さんがエッチなこと言ってくるから、だから、はぁ、いつもより出ちゃってるんだよ」

「はぁン、幸くん……幸司、好きよ」

「僕も大好きだよ、遥奈義姉さん」

遥奈を絶頂に導けなかったのは心残りではあるが、いつも以上に満ちたりた絶頂感に恍惚顔となった幸司は、悩ましく上気した義姉の顔を見つめ、そのふっくらとした唇を奪った。舌を突き出すと、兄嫁が積極的に舌を絡めてきた。

チュッ、チュパッと舌同士を絡め、お互いの唾液を交換していく。それだけの行為で肉洞に入りこんだままの淫茎がピクッと震え、再び体積を増しはじめた。

「あぁん、すっごい。出したばっかりなのに、幸くんの、また大きくなってきてる」

「だって、お義姉さんのこと本当に好きなんだもん」

「もう、幸くんったら」

「あぁ、お義姉さん……」

荒い呼吸を繰り返しつつ、何度もついばむような口づけを繰り返した。

4

「もう、いつまで二人だけの世界に浸ってるのよ！」

乱暴に浴室の折り戸が開けられ、全裸の優衣がズカズカと入りこんできた。

「ゆっ、優衣、さん……」

女子大生の突然の登場に、幸司は驚きの表情となった。

「優衣お姉ちゃん！　何度言ったらわかるのよ。ほら、行くわよ。遥ねぇとの時間は終わり。私も香奈ねぇも待ってるんだからね」

きっと睨《にら》みつけてきた美女に手を取られ、強引に遥奈から引き離されてしまった。

ほとんどフル勃起状態のペニスが、締まりの強い肉洞から抜き出され、ぶんっとうなるように下腹部に張りつきそうになる。強張り全体が精液と兄嫁の淫蜜でコーティングされ、卑猥な光沢と性臭を放っていた。

「ちょっと優衣、私の可愛い義弟なんだから乱暴に扱わないで」

「乱暴になんて扱わないわよ。香奈ねぇといっぱい可愛がってあげるだけ。どうせ遥ねぇももう一度シャワー浴びたら合流するんでしょう。だから、先に行ってる。ほら、行くわよ、幸司」

義姉の心配を一蹴した優衣に手を引かれ、いまだ驚きの渦中《かちゅう》にあった幸司は全裸のまま浴室から連れ出されてしまった。

連れていかれたのは廊下を挟んだ反対の部屋。七畳ほどの広さの洋間。兄夫婦の寝室であった。部屋の中央に置かれたダブルベッドにはグラマラスな肢体を惜しげもなくさらす香奈子が手持ち無沙汰な様子で座っていた。

「か、香奈子さんまで、は、裸に……」

「ようやく来たのね、待ちくたびれちゃったわ」

幸司の驚きの声に、熟女は艶やかな微笑みを浮かべると、脂の乗ったムッチリとした脚をしどけなく開いてきた。

「か、香奈子、さん……」

いきなりの大胆な振る舞いに、自然と声が上ずってしまう。だが、視線は正直に三十路妻の秘唇へと注がれていた。肉厚で淫らに陰唇がはみ出した熟女の淫裂は、少しだけ黒ずんだ褐色をしており、オスを誘いこむようにくぱっと口を開けている。さらに目をこらすと、スリット全体がうっすらと濡れていることもわかった。

その痴態に、遥奈の絶品淫壺に大量の白濁液を注ぎこんだばかりにもかかわらず、射精を求める強張りが狂おしげに跳ねあがっていく。

「ちょ、ちょっと香奈ねぇ、いきなりなにを……」

長姉の突然の行動に、優衣も両目を見開いてしまった。熟れたオンナの卑猥な淫裂を目の当たりにし、腰が震えると同時に処女喪失の性交した経験のない肉洞がキュンッとわななないてしまう。

「いきなりもなにもないわ。幸司くんを呼びに行ったあなたもなかなか戻ってこないし、ずっと一人寂しく待っていたんだから」

「そ、そんなこと言われたって、遥ねぇと幸司のエッチがなかなか終わらなかったんだから仕方ないいじゃゃない」

ふだんの香奈子からは想像がつかない淫らさに気圧されてしまいそうになりながら、なんとか自分に非があるわけでないことを反論していった。

（さっきの遥ねぇもそうだけど、エッチのときってこんなにいやらしくなっちゃうんだ。じゃあ、私も幸司とエッチしているときはこんなふうに……）

脱衣所で義姉弟の行為が終わるのを待つ間、耳にしていた次姉の、ふだんは清楚《せいそ》さすら漂わせる美女の口から発せられた淫猥な言葉と悩ましい喘ぎ声、それを聞かされていただけで優衣の子宮には鈍痛が襲い、秘唇表面が潤ってきてしまっていた。そこにきて今度は厳格な教師と思われた熟姉が見せるオンナの顔である。性体験の極端に少ない女子大生には、刺激の強すぎる展開であった。

「別に優衣のせいだとは言ってないでしょう。ねえ、幸司くん、お願い、ずっと待っていたの。だから、私のここ、舐めてくれると嬉しいわ」

「えっ、あっ、は、はい」

末の妹に視線を向けクスッと微笑んだ長姉が、改めてたくましい勃起をさらす少年に目線を向けた。すると、ビクッと身体を震わせた幸司は上ずった声で返事をし、開かれた香奈子の脚の間に身体を入れしゃがみこんだ。

「香奈子さんのここ、少し濡れてる。それに、鼻の奥がムズムズするようなエッチな匂いが……」

「そんな恥ずかしいことは言わなくていいから、ちゃんと、はンッ！　あっ、あぁ、そうよ、うぅンッ、上手よ、幸司、くンッ」

熟女教師の顔を見あげ囁く少年を優しい目で見つめ返した直後、姉の口から悩ましい喘ぎが迸った。顎がクンッと少し上を向き、一瞬にして柳眉がゆがんで瞳が蕩けていく。さらに、腰が切なそうに小さく揺れているのが見て取れた。

「こ、幸司、本当に香奈ねぇのあそこを……」

チユッ、チユパッという粘音が鼓膜を震わせると、自分が愛撫を受けているわけでもないのに子宮には鈍い疼きが走り、腰が妖しくくねってしまった。

「あぁん、そうよ、幸司くんはいま、私の……うぅン、いいわ、もう少しだけ舐めて、そうしたらすぐに今度は私が幸司くんを……」

潤んだ瞳をこちらに向けてきた香奈子はすぐに意識を教え子に戻したらしく、クンニをつづける少年の髪を愛おしげに撫でつけながら、甘い声で囁きかけていた。こんな特殊な機会でもなければけっして見ることはないであろう長姉の艶顔。それを目の当たりにして、女子大生の性感は背徳に震えてしまう。

（いまの香奈ねぇの顔、ほんとにエッチだわ。本来ならお義兄さんにしか見せちゃいけない顔のはずなのに、高校生の教え子に対して……きっと、遥ねぇもお風呂場で同じようないやらしい表情を幸司に見せていたのね）

次姉夫婦の寝室に充満していく淫靡な空気に、優衣も酔わされていく感覚があった。秘唇の疼き具合が高まり、再びの性交を欲するように柔襞が蠢く。トロッとした蜜液がスリットからこぼれ落ち、内腿を濡らしてくるのがわかる。

（あぁん、ダメ、さっきからお姉ちゃんたちのエッチな姿を見せられつづけているから、私も我慢できなくなってきちゃってる）

「ねぇ、幸司、私のもして。香奈ねぇだけじゃなく私のあそこも……お願い」

切なそうに腰を震わせた優衣は香奈子の隣に腰をおろすと、スラリとした美脚を恥ずかしげに左右に開いた。

「ンぱぁ、はぁ、ゆ、優衣、お姉さん……」

「お願い、幸司、来て。お姉ちゃんのここも愛して」

（あんッ、恥ずかしい。まさかこんなエッチなおねだり自分から幸司にするなんて）

香奈子の秘唇から顔をあげ、少し驚いた表情を向けてくる少年に対する催促《さいそく》。ついひと月前まで処女であり、性交はその一度しか経験のない我が身が欲する禁断愛撫に、優衣の背筋はゾクゾクッと震え、頬に熱が帯びてくる。

「あら、優衣。幸司くんとの次のエッチは期末テストの結果次第って聞いていたけど、いましちゃってもいいのかしら？」

「い、いいの！　今日は特別なんだから。さあ、幸司、来て。使い古された姉さんたちのとは違う、女子大生のお姉ちゃんのここ、欲しくないの」

悩ましいオンナの顔でからかってくる姉に、優衣は羞恥をいっそう深くした。その恥じらいをごまかすようにムキになった言葉を返していく。

「ちょっと、それはあまりないい草ね。まあ、いいわ、幸司くん、少しだけ、この子の相手、してあげてちょうだい。そのあとはすぐに幸司くんが、ねッ」

「は、はい。わかりました」

少し呆れたような顔をした香奈子が、それでも余裕のある様子で幸司に微笑みかけていく。すると少年はウットリとした眼差しで熟女に頷き返し、開かれた優衣の脚の間へと移動してきた。

「すごい。優衣お姉さんのここ、透き通っているみたいにとっても綺麗だよ」

「あ、当たり前よ。姉さんたちのとは違うんだから」

幸司の賞賛《しょうさん》の声に胸の奥をくすぐられながら、優衣はツンッとした返しをした。

「でも、ちょっと濡れていて、エッチな匂いがしてるのは同じだね」

「こ、幸司のせいなんだからね。遥ねぇとのエッチな声をさんざん聞かされて、今度は目の前で香奈ねぇのを……だ、だから、しょうがないのよ」

幸司の指摘に頬をさらに熱くさせながら苦しい反論を返していく。

「じゃあ、お詫びに僕が綺麗に舐め取るよ」

囁くように言った少年の顔が一気に秘唇に接近した。うっすらと濡れたスリットに息が吹きかけられると、それだけでゾワッとした感覚が腰を襲う。固く口を閉ざす女穴にチュッとキスをされた直後、今度は生温かな舌で秘唇を舐めあげられた。

「あんッ！　こ、幸、ジ……」

その瞬間、鋭い快感が脳天を突き抜け、視界が白く塗り替えられそうになった。チュッ、チュパッと優しく淫裂を舐められるたびに、痺れるような愉悦が全身を駆け巡り、早くも腰が小さく痙攣してしまう。

「あぁん、幸司……いいよ、もっと、もっとお姉ちゃんのこと気持ちよくして」

「うふっ、気持ちいいのね、優衣。さっきまでの強気はどこに行ったのかしら。とっても甘ったるい声、出しているわよ」

「う、うるさい。み、見ないでよ」

上気した顔で艶然と微笑みかけてくる長姉に、恥じらいの思いが強まってくる。そのため自然と言葉もキツくなってしまうのだが、すべてお見通しとばかりに香奈子の顔にはさらなる笑みが広がっていた。それがさらなる羞恥を呼び覚ます。

「幸司くん、生意気な優衣は先にイカせちゃいなさい。そうすれば、私がゆっくり幸司くんのこと、満たしてあげるから」

「ちょ、ちょっとなにを勝手なこと、はンッ！　こ、幸司、ダメよ、そ、そこは、あぅン、いきなりそこは、くッ、う〜〜〜ンッ……」

姉の言葉に反論しようとした優衣は、突如襲った鋭い快感にそれどころではいられなくなった。香奈子の提案を受け入れるように、幸司の舌が秘唇の合わせ目へと這わされ、かすかに包皮から顔を覗かせているクリトリスを捉えたのだ。

小粒の突起を唇に挟み、ヂュッ、ヂュバッと吸いあげながら尖らせた舌先で嬲りあげられると、一気に絶頂感が押し寄せてきてしまう。自然と両手が少年の頭部に這わされ、髪の毛に指を絡めクシュクシュッとしていく。

（あぁん、ダメ、これ、腰、浮いちゃう……でも、すっごい……この感覚、先月と同じだわ。男の人に、幸司にしてもらうのがこんなに気持ちいいなんて……）

断続的に焚かれる脳内フラッシュ。意識が高みへと昇りつめ、強烈な純白の世界へと突入しそうな感覚。初体験では味わえなかったが、立てつづけに行われた二度目、三度目の性交で感じた歓喜。そのときに近いものがある。

「そうよ、幸司くん、そのまま圧しあげちゃいなさい。いい顔しているわよ、優衣。とってもいやらしいオンナの顔」

「あぁん、ダメ、見ちゃ。幸司、もう、許して。これ以上されたらお姉ちゃん……」

真横からの姉の囁きに、顔の火照りがさらに強まり、耳まで熱くなってきた。トロンッと潤んだ瞳で香奈子を見つめ、イヤイヤをするように顔を左右に振っていく。女子大生の言葉が通じたのか、少年の舌の動きが少しおとなしくなり、硬化したポッチから再びスリットへと戻された。

「いまやめてはダメよ、幸司くん。ここまできたら、しっかりイカせてあげるのが優しさよ。私も手伝ってあげるから」

チュパ音が小さくなったことで長姉も愛撫変化に気づいたらしく、右手でポンポンッと幸司の頭を優しく叩いた。

「ちょ、ちょっと香奈ねぇ、よけいなこと言わなッ、あんッ、こ、コウ、司……」

香奈子に抗議をしようとすると、男子高校生が再びクンニに力を入れてきた。しかし、少しは優衣の言葉も受け入れてくれたのか、クリトリスではなく今回は秘唇の舐めあげに終始してくれている。

（ダメ、クリトリスへの刺激がなくなっても、あそこを舐められているだけですぐにキちゃいそうだよ）

快感の蓄積《ちくせき》で頭がクラクラとしていた。たとえ淫突起への愛撫がなくとも間もなく絶頂を極めるのは確実だ。

「うふっ、ほんといい顔してるわ。目が完全にトロンしちゃって、もうイキそうなのね。さあ、我慢しないで、イッちゃいなさい」

優衣の状態を見透かしたように、ダメ押しの愛撫が長姉から与えられた。

香奈子の右手が女子大生の右乳房へとのばされ、円錐形の美乳を優しく捏ねあげてきたのだ。その瞬間、新たな愉悦の到来に腰がビクンッと跳ねあがった。

「あんッ、ダメ、香奈、ねぇ……」

「本当に優衣は綺麗なオッパイしているわね。この形のよさは、私はもちろんだけど、遥奈よりもずっといいわよ。それに、乳首もこんなにピンク色で羨《うらや》ましいわ」

妖しく囁いた熟女の細い指先がツンッと尖ったピンクの乳首を摘まみあげてきた。ヒップが一瞬ベッドから浮きあがるほどの快感が脳天に炸裂《さくれつ》し、大量の淫蜜が幸司の唇に降り注いでいく。

「あぅッ！　あっ、はぁ、ダメ、イッ、イッちゃう。私、本当に、はンッ！　いや、ダメよ、幸司、いま、舌、膣中に入れないで」

大量に蜜液を圧し出す際に口を開けた膣口、そこに少年の舌が圧しこまれ膣襞が直接の刺激を受けた。

「はぅ、あっ、あぁ、イクッ！　わッ、私、香奈ねぇと幸司に……イッ、イカされッ、はッ、あっ、あぁぁぁぁぁ～～～～～～ンッ！」

その瞬間、脳内で悦楽の大噴火が起こった。絶頂の絶叫が迸り、一瞬にして眼前がホワイトアウトしていく。激しく全身を痙攣させながら、上半身が後ろに倒れボスンッとベッドにあおむけとなる。

(わ、私、二人がかりで、こんな……)

酔っ払ったように頭がグルングルンッと回るなか、優衣は激しい絶頂に意識が刈り取られていくのであった。

5

「ゆ、優衣お姉さん、大丈夫ですか」

妹が全身を痙攣させベッドに倒れこんだ直後、その秘唇を舐めあげていた幸司が心配そうに立ちあがった。少年の口の周りは女子大生の淫蜜で卑猥なテカリを放ち、それを見ただけで香奈子の肉洞がキュンッと打ち震えてしまった。

「完全に意識、飛んじゃってるみたいだけど、大丈夫でしょう。それより、幸司くんもそれ、早く楽にしたいでしょう」

(あぁん、ズルい言い方。私のほうがよっぽど欲しくなってるのに……)

ずっとお預け状態の熟女はネットリとした視線を幸司の下腹部に送った。一方的に愛撫を施す立場であった教え子の股間では、下腹部に完全に張りつきそうな急角度でペニスがそそり立っていた。すでに一度、遥奈で射精をしているはずだが、亀頭はパンパンに膨れあがって赤黒くなっており、溢れ出した先走りで淫茎全体が濡れ光っている。そのたくましさにジュッと蜜液がこぼれ落ちてしまう。

「あっ、こ、これは……スミマセン、優衣さんがこんな状態のときに」

「うふっ、バカね、謝ることじゃないのよ。そもそも、いまはそういうことをするための場なんだから。ねえ、幸司くんのたくましいそれ、ちょうだい」

ハッとしたように股間を隠そうとする幸司を可愛く思いながら、香奈子はベッドへとあがると、ヘッドボードと平行になるよう四つん這いとなった。というのも、優衣が縦ではなく横に倒れこんでいるため、通常の形でベッドを使えなかったのだ。

「あぁ、香奈子さんのあそこが丸見えに……もう舐めなくても大丈夫なんですか」

「大丈夫よ。優衣がされているのを見てずっとウズウズしっぱなしだったから、あとは幸司くんのそれで満たしてくれるのを待つだけの状態なの。だから……」

（ヤダわ、こんなことまで口走って……でも、実際あそこは恥ずかしいくらいにグシュグシュだし、早く満たしてもらわないとおかしくなってしまいそうだわ）

自分がとんでもなく淫らになっていることを自覚し、頬にいっそうの赤みが差す。そんな思いとは裏腹に、硬直を欲してボリューム満点の双臀が左右に振られていく。

「わ、わかりました。よろしくお願いします」

かすれた声で返事をした少年が、ベッドへあがり熟女の真後ろに陣取ってくる。右手にペニスを握った教え子が、左手で熟腰を摑むと肉槍の切っ先を卑猥に口を開き挿入を待ち侘《わ》びる淫裂へと向けてきた。

「挿れる場所、わかる？」

「は、はい、大丈夫です」

直後、張りつめた亀頭が物欲しげに口を開ける女穴に接触をした。その瞬間、ゾクリと腰が震え新たな淫蜜が溢れ出す。

「あんッ、幸司くん。いいわ、来て」

「はい、じゃあ、イキます」

ゴクッと唾を飲む音が聞こえた次の瞬間、少年の腰が突き出された。たっぷりとぬかるんだ肉洞に漲る強張りが圧しこまれる。ズチュッと音を立てながら熟襞がこそげあげられると、それだけで得も言われぬ快感が全身を伝播していく。

「はンッ！　あっ、あぁぁ……うぅん、来てる。幸司くんのたくましいのがまた膣中に、はぁ、す、すっごいわ」

（やっぱりこの子のオチ×チン、いい。あの人のでは届かないところまで来てる。これ、前よりもさらにたくましく……）

今週は放課後、上手く時間を作れなかったことから幸司と最後にセックスしたのは先週の金曜日。生徒指導室で慌ただしく身体を重ねたのだが、そのときよりも肉洞に感じるペニスが成長しているように思えた。

「おぉぉ、は、入りましたよ。くッ、香奈子さんのヌルヌルのあそこに、根元まで全部、入りこんでるぅ」

「あぁん、わかるわ。幸司くんの大きなオチ×チンが、膣中でピクピクしてるのが伝わってきてる。気持ちいいのね？」

痺れるような快楽に陶然となりつつ、香奈子は顔を後ろに向けた。教え子もウットりとした表情を浮かべ、蕩けた目をしていた。

「は、はい、気持ちいいです。香奈子さんのここに挿れさせてもらうと、僕、すっごく甘えさせてもらっている気分になって、すっごく安心できるんです」

「うふっ、いいのよ、いっぱい甘えて。それに今日はいつもみたいに時間に追われることもないんだから、ゆっくり私のここ、楽しんでちょうだい」

「は、はい、ありがとうございます」

豊潤《ほうじゅん》なヒップを小さく左右にくねらせ艶然と微笑みかけると、上気していた幸司の顔にさらに赤みが差したのがわかる。嬉しそうに頷いた少年は、その気持ちを伝えるように腰を前後に振りはじめた。

「はンッ、あぅん、いいわ。恥ずかしいけど私、幸司くんの硬いので膣中こすられるの、大好きになっちゃってるのよ」

グチュッ、ズチュッと粘つく摩擦音を立てながら、たくましい肉槍が肉洞を往復していく。張り出したカリで膣襞がズリュ、ズリュッと嬲られると、それだけで夫との性交では得られない突き抜ける快感が熟れた肢体を駆け巡った。

(ほんとにすごいわ。ダメ、この気持ちよさを知っちゃったら、あの人とのエッチじゃ満たされなくなっちゃう。でも、どうして？　テクニックがあるわけじゃないのに、ただ、硬いので膣中、刺激されているだけなのにこんなに……）

三十路を越えた人妻が男子高校生のペニスに溺れかけている現実に、恥じらいと戸惑いを感じてしまう。だが同時に、この快感を手放したくないというオンナの本能の存在も強く感じるのだ。

「まさか厳しい前田先生にそんな嬉しいこと言ってもらえるなんて……」

「あぁん、ダメよ、いまは学校のことは出さないで。いまは教師と生徒ではなく、親戚として、うぅン、感覚としては年の離れた弟とエッチしている気分なんだから」

（遥奈の義弟に、高校生の男の子相手に、なにバカな言っているのよ）

思わず口をついた、三十路女が高校生に対して発するには恥ずかしすぎる、年甲斐もないセリフに全身がカッと熱くなった。恥じらいをごまかすように柔襞がいっそうペニスにまとわりつく動きをはじめてしまう。

「くッ、はぁ、キュンキュンしてる……香奈子さんの膣中、締めつけが強くなって、ヒダヒダの絡み具合も……じゃあ、今度から香奈子さんのこともお姉さんって呼んでいいですか？」

「いいわよ、呼んで。私が幸司くんの一番上のお姉ちゃんよ」

少年の母性をくすぐるような問いかけに、香奈子は頬を緩ませながら甘い声で返してやった。

「あぁ、お姉さん……香奈子、お姉さん」

幸司は感嘆のうめきを漏らしながら背中に上半身を密着させ、重力に引かれて量感の増している砲弾状の熟乳に両手を被せた。三姉妹一の豊乳。そのたわわなさと柔らかさを感じただけで、硬直が小刻みに胴震いを起こし射精感が迫りあがってくる。

「はぁ、やっぱり香奈子お姉さんのオッパイが一番大きくって柔らかいよ」

「うぅん、いいのよ、好きなだけ揉んで。私のオッパイでよければいくらでも、学校でもどこでも揉ませてあげるわ」

「あぁ、香奈子、さん……」

睦言中の戯言《たわごと》、頭では理解しているつもりだが、それでもその刺激的な言動にまたしてもペニスが跳ねあがった。亀頭が妖しくまとわりつく膣襞を圧しやっていく。

「あンッ、すっごい。大きく、幸司くんのがまたいちだんと……出そうなのね？　いいわよ、そのまま膣中に、幸司くんの熱いミルク、また膣奥にちょうだい」

再び艶顔をこちらに向けてきた香奈子の匂い立つ色気に背筋をゾクゾクッとさせながら、小刻みに腰を前後させこなれた柔襞にいきり立つ強張りをこすりつけた。すると、とぐろを巻く欲望のエキスが出口を求めて急上昇してくる。

「お取りこみ中に申し訳ないけど、姉さん、避妊くらいはしなさいよ」

「えっ⁉　あっ！　お、お義姉さん……」

いきなり飛びこんできた揶揄の言葉にハッとした幸司は、声のほうに顔を向けた。すると寝室を入ったばかりの壁に背中を預けるようにして全裸の兄嫁が立っていたのだ。義弟の驚き顔に優しい笑みを浮かべ、遥奈がゆっくりと近づいてくる。

「あぁん、いまいいところなんだから、邪魔しないでちょうだい。それに、危険日なあなたと違って私も優衣もいまは大丈夫な時期だから、リスクは低いわ」

「もしかしてお姉さん、今日はナマ、ダメな日だったの？　でも、さっき……」

先ほど浴室で、兄ではなく自分の子供を産んでくれと叫びながら膣内射精していた幸司は、香奈子の言葉にギョッとした。そのため不安な顔で義姉を見つめた。

「幸くんはＯＫなのよ。だから、姉さんに出したらまた私に、ねッ」

艶やかに微笑んだ遥奈はそのままベッドへとあがってくると、幸司の真横で膝立ちとなり、チュッと優しいキスをしてくれた。それだけで背筋がゾクッとし、香奈子の蜜壺に埋まるペニスには新たな血液が送りこまれた。

「はンッ、嘘でしょう……まだ、大きくなるなんて……」

熟女の豊臀がぶるっと震え、切なそうに背中をくねらせてきた。その姿態に亀頭が弾ける寸前にまで膨れあがっていく。

「遥ねぇ、明後日帰ってくるお義兄さんをアリバイ作りに利用する気なんでしょう」

「あら、優衣、目が覚めたのね」

「しばらく前からね。ねえ、幸司、いつまでも香奈ねぇにかまってないで、私も幸司の硬いの、欲しいな」

しどけなく横たわっていた優衣が身体を起こし、悩ましく潤んだ目を向けてきた。

「ゆ、優衣お姉さん……あ、あの、それよりも兄さんが帰ってくるって」

右肩に手をかけ耳元で囁く女子大生に背筋を震わせつつ、幸司は新情報に戸惑いの表情を浮かべた。

「今回は短期、ほんの数日だけみたいだけど、戻ってくるんですって。幸くんが模試から帰ってくる前に電話があったわ」

「だからね、幸司くん。月曜日からまた数日はウチにいらっしゃい。そうすれば、また楽しめるわ」

「か、香奈子さん！」

「さあ、遥奈と優衣のことはいったん忘れて私に集中してちょうだい」

「うはッ、あっ、あぁ、か、香奈子、お姉さん……くぅぅ、そんなふうに腰揺らされたら、膣中がさらにキュンキュンしてくるから、本当に出ちゃいそうですよ」

律動を止めた幸司に抗議をするように熟女教師が再びヒップを左右に振ってきた。すると柔襞も催促するように蠕動し、甘いこすりあげを見舞ってくる。射精感の接近を感じていただけに、かすかな刺激にもくるものがあった。

「いいわ、出して。思いきり腰を振って、私の膣奥を幸司くんで満たして」

「おぉぉ、香奈子お姉さん……」

熟女のいつも以上の色気に幸司の性感が臨界点を突破した。豊乳から再び両手を艶腰へと戻すとがむしゃらに腰を振り立て、射精寸前のペニスでぬかるんだ蜜壺をメチャクチャに抉りこんだ。

グチュッ、ずぢゅっ、ニュジュ……。卑猥な攪拌《かくはん》音が一気にその間隔を縮め、パンッ、パンッと豊臀に腰がぶつかる衝突音がそこに混ざっていく。ボリューム満点で柔らかな尻肉が波立つように揺れるさまがいっそうの性感を高めてくる。

「あっ、あんッ、はぅ、あぁ、す、すっごい……いいわ、うンッ、もっと、もっと激しく来て」

「はっ、はい、もう最後までこのままで……あぁ……」

「す、すごい、そんな思いきりガンガンしちゃうんだ」

少年の激しい腰遣いに優衣は目を見開いた。幸司が姉のヒップに勢いよく腰を叩きつけるたびに、四つん這いとなってさらに豊かさを増した香奈子の双乳がぶるん、ぶるんっといやらしく揺れ動く。そして、熟女の口から放たれるいままで聞いたことのない悩ましい喘ぎ声。すべてが経験の浅い女子大生には刺激的であった。

(こんな乱暴に突かれたら、私のあそこ、壊れちゃうよ。でも、もしかして、私のこと、期待している？　膣中がムズムズして刺激、欲しがっちゃってる。さっき、幸司の口であんなにイカされちゃったあとなのに、また……)

長姉の性交を見つめつつ、優衣の右手は自然と己の股間へとのびていた。楕円形の陰毛の奥、固く口を閉じ合わせたスリットに指先が触れるとそれだけでゾクゾクッとした震えが背筋を駆けのぼった。クンニ絶頂で溢れ出した淫蜜が指先に絡む。その分泌液を染みこませるように、秘唇を撫でつけていく。

「うむンッ、うぅん……」

かすかなうめきが口から漏れ出していく。右手で淫裂を刺激しながら、左手が円錐形の美乳へと這わされ、弾力豊かな膨らみを捏ねあげてしまう。

（ヤダ、こんなこと、お姉ちゃんたちの前でするつもりないのに……私、どんどんエッチな女の子になってるよ。これも全部、幸司のせいなんだから）

見た目の華やかさと比べ性的には奥手であった優衣。性交経験もたったの一度。そんな自分がいまや弟同然の少年のペニスを求め、姉たちもいるところで秘部に指を這わせている現実に改めて恥じらいを覚える。そして、そんなふうに自分を変えた幸司を切なげな目で見つめていた。

「あんッ！　だ、ダメよ、いまそこ触られたら、私……」

「ぐほッ！　あぅ、あぁ、締まる！　ここ、触ったとたんに、香奈子お姉さんの膣中、とんでもなく締まってきてるよ」

完全に二人だけの世界に入っている香奈子と幸司。たくましい腰遣いで長姉の肉洞にペニスを送りこんでいた少年の右手が、いつの間にか熟女の腰から離れその股間へ消えていた。姉の反応から見ても指先がクリトリスを刺激していることは確実だ。

「あぁん、イクわ、幸司くん、私も、もう……」

「僕も出ます！　香奈子お姉さんの膣奥に、もう、でッ、出ッるぅぅぅぅぅッ！」

四つん這いの香奈子を前方に押し出すような勢いで、幸司が勢いよく腰を叩きつけた直後、二人の身体が激しく痙攣しはじめた。

「はぁン、来てる！　幸司くんの熱いのがお腹の中で暴れまわってるぅ」

「ンはぁ、うねる……香奈子さんのヒダヒダがエッチに絡んで、まだ、出るよ」

脱力したようにベッドに突っ伏した熟女に身体を重ねたまま、少年が陶然とした呟きを漏らしている。そのあまりの艶めかしさに、優衣はしばし見とれてしまった。

（膣中に、香奈ねぇの子宮に幸司のあの熱いやつがいま出てるんだわ）

約ひと月前に初めて浴びた白濁液。胎内に感じたあの熱さと勢いが思い出され、優衣の腰が妖しくくねった。新たな淫蜜がスリットに滲み、内腿に垂れ落ちてくる。

「さあ、次は準備万端《ばんたん》整っている優衣の番ね」

「えっ、わ、私は……」

長姉と幸司を挟んで反対側にいる遥奈の声にハッとしてそちらを見ると、悩ましく潤んだ瞳とまともに目が合ってしまった。その瞬間、カッと全身が熱くなるほどの恥ずかしさに総身が震えた。

「違うの？　そのために自分で弄ってたんでしょう。それとも私に譲《ゆず》ってくれる？」

「そ、それは……」

硬い肉槍を求める心に反して、それを口にすることにはやはり恥じらいがあった。

「ふふっ、あなた奔放に見えて実際は三姉妹で一番おしとやかよね。幸くん、出したばかりで悪いけど、お預け中の優衣にも幸くんを恵んであげてくれるかしら」

「う、うん」

悩ましさの中にも優しい微笑みを浮かべた次姉が、長姉の背中に完全に密着する形で身体を重ねている少年のお尻をポンポンッと叩いた。すると幸司は少しおっくうそうにしながら、香奈子の上からその身を離した。

「あんッ、幸司、くん……」

肉洞からペニスが引き抜かれた瞬間、姉の口から艶めかしいうめきがこぼれた。抜かれたばかりの淫茎は半勃ち状態であり、ネットリとした粘液まみれであった。鼻腔の奥に突き刺さってくる性臭が生々しさを物語っている。

「姉さんもごめん、ベッド、普通に使えるように身体の位置を変えてくれる。そもそもなんでこんな横方向を使ってるのよ」

「しょうがないのよ、いろいろとあったから」

遥奈の言葉に絶頂直後の長姉がチラッとこちらに視線を向け、凄艶な微笑みを送ってきた。ゾクッと腰が震えると同時に、先ほどの快感を思い出した肉洞がキュンッとしてしまう。その間に香奈子がダブルベッドからおりた。いっしょに次姉もベッドから身をひいている。優衣も慌ててそれにならった。足がまだどこかおぼつかない様子の姉をチラリと見た遥奈が今度は幸司に指示を出す。

「そうしたら、立てつづけで腰がツラいだろうから、幸くんは枕に頭を乗せる形であおむけになってちょうだい」

幸司が大儀そうにしながらも普通にベッドに横たわる体勢となる。

「ありがとう。さあ、どうぞ優衣。幸くんのこと、気持ちよくしてあげて」

「えっ、そ、それって、私が幸司にまたがって……」

(私から幸司を迎え入れるなんて、そんないやらしいこと……でも、そうよね。幸司は遥ねぇとしたあとに香奈ねぇと……ここは私が優しくしてあげるべきよね)

初めての体位に戸惑いを感じつつも、小さく息をついて覚悟を決める。

「あっ、ちょっと待って」

優衣が緊張を新たにしつつベッドに戻ろうとした直後、待ったがかかった。なにかと思っていると、なんと遥奈が先にベッドにあがり幸司の脚をまたぐようにして右手で半勃ち状態の淫茎を摑み、顔を埋めていったのだ。

「ンはっ、えっ？　お、おねえ、さん？　あっ、ぅッ、あぁ、ダメ、そんな……出したばっかりで敏感になってるのに、そんな刺激されたらまた……そ、それに太腿にお義姉さんの大きなオッパイが押しつけられていて、気持ちいいよ」

突然の兄嫁の行動に少年も驚いたのだろう。幸司がベッドから頭を浮かせ、ヂュッ、チュパッ、クチュッ……と口唇愛撫をはじめた遥奈を見つめている。その顔は一瞬にして蕩け、陶然としたものに変わっていた。

「ちょ、ちょっと、遥ねぇ、どういうつもり。わ、私の番だって……」

「ンぱぁ、心配しないでもあなたの番よ。姉さんのいやらしい蜜まみれになっていた幸くんのこれを綺麗にしてあげていただけよ。ほら、またこんなに大きくなった」

舌で己の唇をペロンッと舐めた美貌の次姉はそう言うと、身体を起こしベッドからおりてきた。見ると確かに幸司の股間が急角度でそそり立っている。

「私のいやらしい蜜って、その前はあなたので幸司くんのベトベトだったんだけど」

「まあ、いいじゃない。さあ、今度こそどうぞ、優衣」

香奈子のクレームに肩をすくめて見せた遥奈にポンッと肩を叩かれた優衣はコクンと頷き返し、今度こそベッドへとあがった。少年のペニスの上にまたがるようにし、ゆっくりと腰を落としていく。

「あぁ、今度は優衣お姉さんの綺麗なあそこにまた……ほ、本当にいいの？」

「うん、いいよ。それとも幸司は私とはしたくないの？」

「し、したいよ。でも……」

幸司の目が少し心配そうな色を帯びていた。きっと優衣の性体験の少なさ、セックスは処女喪失時の一度だけということを知っているため、経験豊富な姉たちに対抗するような行動に見えているのかもしれない。

「私だけ仲間はずれにしないで。でも、今日は特別なんだからね。期末テストも絶対に頑張ってくれないとダメなんだから」

少年の気遣いに頬が緩むものを感じつつ、優衣は右手をおろし少年のペニスを握った。二度の射精を経験してなお驚くほどの硬さと熱さを誇る強張り。そのたくましさに腰が震え、再びの挿入を、意識が飛ばされるほどの快感を欲する柔襞が激しく蠕動しはじめ、新たな蜜液をトロッと溢れさせていた。

「あぁ、優衣、お姉さん……」

「妹のエッチをこんな特等席で見ることになるなんて、不思議な感じね」

「優衣ももう大学生だし、幸くん以外ともしてたんでしょう」

幸司のウットリとした呟きに混ざる姉たちの会話に、羞恥が一気に押し寄せた。

「お姉ちゃんたちは黙っててよ。人妻のくせに幸司とエッチしている誰かさんたちより、私のほうがずっと健全なんだから」

(それに私は幸司が初めての相手なんだから、変なこと言わないでよね)

恥じらいを押し流すようにまくし立て、見栄から口には出せない言葉を内心で呟き、さらに腰を落としこむ。直後、濡れたスリットと張りつめた亀頭が接触しヂュッと蜜音が起こった。

「くッ、はぁ、ゆ、優衣、さん……」

「あぁん、いい、イクわよ、幸司」

小さく腰を前後に動かし亀頭先端を膣口へといざなっていく。粘膜同士がこすれ合う感覚、そのかすかな愉悦に背筋がゾクゾクッとしてしまう。

(私、本当にまた幸司と……それもお姉ちゃんに見られている中で自分から迎え入れようとしているなんて……)

ベッド脇に立つ全裸の美しい姉二人。その視線を意識するとどうしても恥ずかしさが先に立ってしまいそうになる。それでも右手に握る強張りに意識を集中していく。すると、ヂュッとくぐもった音を立て、先端が女子大生のオンナに潜りこんできた。

「い、挿れるわね」

自分を鼓舞するように上ずった声で言った優衣は、少年の股間に座りこむように完全に腰を落とした。ンヂュッと粘つく音とともに血液漲る肉槍が固く閉じ合わされた膣道を圧し開き、根元まで完全に埋まりこんだ。

「ンがッ！　あぅ、あっ、あぁぁぁぁ……また、来てるよ。私の膣中に入ってきてる。はぁン、ダメ、あそこ、裂けちゃいそう……」

一気に腰を落としこんだことで、張りつめた亀頭が勢いよく膣襞をこすりあげていた。脳天に突き抜けていくその衝撃に優衣は両目を見開き、天井をあおぎ見た。

（ほんとにすっごい！　幸司の硬くて熱いので身体が二つに裂かれちゃいそう。あぁん、痛みはないけど、でも、先月よりも膣中をパツパツにされている感が強いよ）

育ち盛りの高校生はわずかひと月でペニスも立派に成長するらしい。それを我が身で実感する優衣は、根元まで強張りを咥えこんだまま動けなくなってしまった。

「ぐはッ！　すっごい……優衣お姉さんの膣中、やっぱりとんでもなくキツいよ」

（お義姉さんのあそこもけっこうキツキツだけど、優衣さんのはほんと押し潰されちゃいそうな感覚が強い……）

約ひと月ぶりの女子大生の蜜壺。その膣圧の高さに改めて目を見張ってしまった。

「あぁん、妹と義弟が本当に……こんなの見ちゃったら、私のあそこ、また……」

「あなたもなの、遥奈。私もよ。大学生の妹と高校生の教え子が本当に繋がってるなんて、刺激、強すぎるわ」

「あぁ、姉さん……」

「遥奈……」

ベッド脇でこちらを見守っていた人妻姉妹の言葉にハッとしてそちらを見ると、美人教師の二人がお互いに身を寄せ合い、唇を重ね合っていた。さらにお互いの両手がそれぞれの豊満な乳房に這わされ、たわわで柔らかな膨らみを揉み合っている。

「えっ⁉ う、嘘……お義姉さんと香奈子さんが……」

その背徳感に背筋が震え、キツイ蜜壺の戒《いまし》めをとかんとするようにペニスがさらなる膨張を遂げた。

「はンッ！ 幸司の、膣中でさらに大きく……女同士でなんて姉さんたち、なんていやらしいのよ」

「そう思うのなら、早く幸司くんを解放してちょうだい。あなた、幸司くんを迎え入れたまままったく腰、動かしてないじゃない」

「そうよ、優衣。幸くんを気持ちよくしてあげられないなら、場所、変わってちょうだい。その子は私の、私だけの可愛い義弟なんだから」

「そ、そんなこと言われたって……」

ふだんの理知的な教師の顔をかなぐり捨て、淫欲に絡め取られた様子の人妻に気圧されたのか、優衣が不安そうな視線を向けてきた。

(優衣さんはエッチするの、たぶん先月以来だよな。だったら、僕が……)

義姉たちは女子大生の性経験の少なさを知らないだろう。また、優衣にしても自ら口にすることはないと思われる。それだけに切なそうに顔をゆがめる姿を見ていると、自分がなんとかしなければという思いに駆られてしまう。その手はじめとして両手を円錐形の美乳にのばし、その弾力豊かな膨らみを揉みあげていった。

「あンッ、幸、ジ……」

「優衣お姉さんのオッパイ、弾力がすごくて気持ちいいよ。それにオッパイに触ると膣中もキュンキュンして、僕、すぐにでも……」

乳肉を捏ねたとたんにギュッと肉洞全体が締めつけを強め、まだこなれていない膣襞がペニスに絡みついてくる。一気に絶頂まで圧しあげられてしまいそうな感覚に抗いつつ、幸司は下から小刻みに腰を突きあげていった。

「はンッ、あぁ、そんな、いきなり下からズンズンしないで……はぁン、私、おかしくなっちゃうからぁ」

潤んだ瞳で見つめられると、その儚さにドキッとしてしまう。

「なっていいよ。僕も優衣お姉さんのキツキツのオマ×コで思いきり気持ちよくしてもらうから、お姉さんも僕ので……」

腹筋に力を入れ上体を起こすと、しがみついてきた女子大生を抱きかかえるように押し倒し、正常位へと体位を変えた。倦怠感が残る腰に活を入れ、優衣のキツキツの肉洞を抉りこんでいく。

「あんッ、幸、じ……つ、強いよ。そんな思いきりされたら、壊れ、ちゃぅ」

「ごめん、優衣さん。でも、優衣お姉さんのここ、すっごく気持ちいいから、腰、止まらないよ」

イヤイヤをするように顔を左右に振る優衣を見つめ、幸司は腰を振りつづけた。グヂュッ、ズチュッと粘つく摩擦音を奏でながら初心な柔襞を嬲っていく。肉洞の強烈な締めつけと蠢きに射精感が急速に迫りあがってくる。

「あっ、あぁん、私も、うんっ、気持ち、いいけど、でも、はンッ、うぅン……」

「はぁ、出ちゃうよ。僕、また、今度は優衣お姉さんの膣中に……」

「いいのよ、幸くん、出しなさい。優衣の膣奥に遠慮せずに出しちゃっていいのよ。そうしたら今度はすぐにまた、私のここで気持ちよくしてあげるから」

断続的に襲い来る射精感と戦っていると、ギシッと音を立て遥奈がベッドにあがり右横へとやってきた。その顔はいまだに艶っぽさを残し、目を合わせただけで性感が揺さぶられてしまう。すると兄嫁は幸司の右手を摑み、そのまま自らの股間へと導いた。細く繊細《せんさい》なデルタ形の陰毛の奥、本日一度目の射精を経験させてもらった秘唇へといざなわれる。指先には淫裂の生々しさと同時にクチュッと蜜液が感じられた。

「お、お義姉さん」

張りつめた亀頭がまた一段階膨張し、張り出したカリがまとわりつく若襞を強引に圧しのけていく。

「ちょっと遥ねぇ、よけいないこと言わなッ、あんッ、ダメ、そんなに大きくされたら本当に私のあそこ、うンッ、裂けちゃう。はぁン、いや、ズンズン、しないで。うぅん、来ちゃう……また、私、来ちゃいそう」

「いいのよ、優衣。そのままイッちゃいなさい。そうしたら次は三人いっしょに愛してもらいましょう。ねっ、幸司くん」

「香奈、ねぇ……ンッ！」

ベッドにあがってきた香奈子が幸司の左隣で四つん這いになり、女子大生の唇を奪った。その瞬間、優衣の腰がビクンッと跳ねあがり、膣圧がさらに強まっていく。

「ンはぁ、ダメだ、こんなの、もう限、かィ……」

ペニスには女子大生のキツイ蜜壺。右手には美貌の兄嫁の絶品淫壺。そしてチラッと視線を左横にずらすと、今度は三十路妻のぽってり肉厚な淫裂が目に飛びこんでくる。卑猥に口を開いた香奈子の秘唇からは先ほど放出した白濁液がドロリと逆流しており、あまりに淫らな光景に息を呑んでしまった。

「出すのよ、幸くん。そして、そのあとはまた私と……」

「おねえ、さん……」

幸司の右手に秘唇を委ね、身を寄せてきた遥奈の甘い囁きに陶然とした眼差しを送ると、兄嫁の美貌がさらに近づき、チュッと唇が重ね合わされた。自然と舌を突き出し、ネットリと絡め合っていく。

(あぁ、すっごい、お義姉さんの唾、甘いよ。ダメだ、もう頭がポーッとしてなにも考えられない)

本能のままに腰を前後に振り狭い膣道でペニスをしごきあげ、上半身を少し右にひねり空いていた左手を義姉の右乳房へと被せた。釣り鐘状のたわわな膨らみの柔らかくも弾力ある感触が手のひら全体に広がってくる。

「ふぅン、いいわ、幸くん、あそこもオッパイも全部、幸くんのモノよ」

「あぁ、お義姉さん……ぐはッ！　なっ、なに!?」

兄嫁と上気した顔で見つめ合った刹那、ペニスが食いちぎられそうになった。

「イヤン、あぁん、ダメ、そ、そんなところ、悪戯しないでぇぇぇぇぇ」

慌てて視線を下腹部に向けると、香奈子の右手が優衣の秘唇の合わせ目に這わされ包皮からかすかに頭を覗かせていたクリトリスを指先で嬲っていたのだ。

「イキなさい、優衣。抵抗しないでそのまま感情に身を任せるのよ」

「あぁ、出る！　出すよ、優衣お姉さん。お姉さんの膣奥に、僕、本当に……」

兄嫁の乳房や秘唇から両手を離した幸司は、女子大生の細い腰をガッチリと摑むとラストスパートの律動を見舞っていった。禁断の性交音が一気に高まり眼窩で鋭いスパークが何度も瞬く。

「あぅン、はぁ、ダメよ、幸司、そんなメチャクチャにされたら、わッ、私、イクッ！　もう、あぅ、イッ、イッちゃぅぅぅぅ～～～～～ッ！」

「ぐほぅ、出すよ、優衣お姉ちゃんの子宮に、僕、あッ、あぁぁぁぁぁッ！」

優衣の全身に激しい痙攣が襲ったそのタイミングで、幸司のペニスにもこの日三度目の脈動が起こっていた。ズビュッ、ドビュッと勢いよく迸り出た欲望のエキスを無垢な子宮に叩きつけていく。

「あぁ、わかる……幸司の熱いのがまた、膣中で暴れまわってる……」

焦点の定まらない目をさまよわせる優衣の蕩けた顔を見つめ返し、立てつづけの性交で体力を削《けず》られた幸司はグッタリと覆い被さっていくのであった。

「はぁン、幸司くん、ほんとに優衣の膣中に出したのね」

「す、すごいわ、まさか優衣と幸くんのこんな場面に立ち会うなんて……」

遠ざかりかける意識のなか、二人の人妻の悩ましい呟きが脳に甘く染みこんできた。

（本当に僕、三人と、お義姉さんの姉妹と、先生たちとエッチしたんだ。そしてこれからはこんな素敵な経験が何度も……少なくとも今日はこれからまだ……）

今後も期待される美貌の三姉妹との禁断性交。それを考えるだけで、射精直後の淫茎がまたしてもピクッと震え、女子大生の蜜壺内で存在を高めてしまうのであった。

◉新人作品**大募集**◉

マドンナメイト編集部では、意欲あふれる新人作品を常時募集しております。採用された作品は、本人通知のうえ当文庫より出版されることになります。

【応募要項】 未発表作品に限る。四〇〇字詰原稿用紙換算で三〇〇枚以上四〇〇枚以内。必ず梗概をお書き添えのうえ、名前・住所・電話番号を明記してお送り下さい。なお、採否にかかわらず原稿は返却いたしません。また、電話でのお問い合せはご遠慮下さい。

【送付先】 〒一〇一－八四〇五 東京都千代田区神田三崎町二－一八－一一 マドンナ社編集部 新人作品募集係

兄嫁《あによめ》と少年《しょうねん》 禁断《きんだん》のハーレム《はーれむ》

二〇二三年 二月 十日 初版発行

著者◉綾野 馨【あやの・かおる】

発行◉マドンナ社
発売◉二見書房
東京都千代田区神田三崎町二－一八－一一
電話 〇三－三五一五－二三一一（代表）
郵便振替 〇〇一七〇－四－二六三九

印刷◉株式会社堀内印刷所 製本◉株式会社村上製本所 落丁・乱丁本はお取替えいたします。定価は、カバーに表示してあります。

ISBN978-4-576-23002-3◉Printed in Japan◉©K.Ayano 2023